D+

dear+ novel
rakuenmade mousukoshidake・・・・・・・・・・・・・・・・・・・

楽園までもう少しだけ

安西リカ

新書館ディアプラス文庫

楽園までもう少しだけ

contents

illustration : 七瀬

楽園までもう少しだけ

rakuenmade

mousukoshidake

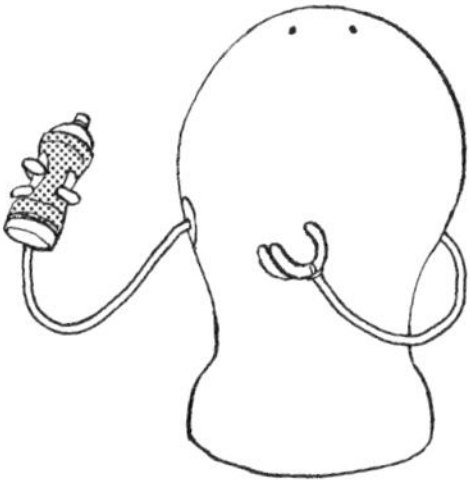

1

まだ開けていない引っ越し荷物が積みあがった部屋の隅から、軽いモーター音が聞こえてくる。家電ロボットが稼働《かどう》を始めたようだ。

本田《ほんだ》は指先でブラインドを水平にし、鋭角的に差し込む初夏の日差しを網膜《もうまく》から直接吸収した。瞳孔《どうこう》レンズから電磁波で伝わるバッテリーの備蓄量《びちくりょう》は56%。今日は出かけるので帰りにはフルになっているだろう。

〈おはようございます〉

本田の背後で、ロボットがカーペットの埃《ほこり》を吸引しながら人工音声で挨拶《あいさつ》してきた。今度のマンションは全室カーペット敷きだったこともあり、初めて汎用性《はんようせい》家電ロボットを買った。

一抱えほどの大きさの白い樹脂体《じゅしたい》は、触るとぽよんと弾力がある。上部にあるふたつの黒い電源スイッチは明らかに目玉を意識した配置になっていて、なんともいえない愛嬌《あいきょう》があった。店の展示コーナーで目が合って、あんまり役に立たないかも、と思いつつ買ってしまった。

「おはよう」

昨夜《ゆうべ》初めてスイッチを入れ、基本設定だけしておいたが、まだ名前は決めていない。外見で決めるなら「雪だるま」一択だ。

〈おしょくじは　どうしましょう〉

「いらないよ」

〈おせんたくは　どうしましょう〉

「あー、今日はいいかな。明日シーツと一緒にまとめて洗濯しよう」

まるで昔のヒューマノイドのような質問を投げかけてくるが、この雪だるまが実際にできることといえば、家電の操作と床の埃を吸い込むこと、そしてあらかじめ設定されたネットワークから情報を探して読み上げることくらいだ。〈おしょくじ〉は冷蔵庫にあるミールセットを電子レンジに入れて加熱することだし、〈おせんたく〉はランドリーに汚れものを放り込んでスイッチを入れることだ。

かつての家事支援ヒューマノイドは、それこそ人間のベテラン家事スタッフさながらに台所に立って栄養価に配慮した調理をし、清掃用具を使って家のすみずみまで磨《みが》き上げ、衣類の染み抜きからほつれ直しまでやってのけたらしいが、本田の家電ロボットはデスクチェアに引っ掛かり、モーターをウンウンと空回りさせて動けなくなっている。

「出かけるから、五分後に家電ぜんぶオフにしてキーロックかけておいて」

チェアからロボットを救出してやると、またゆっくり動き出しながら〈りょうかいしました〉と返事をした。

〈おかえりのおじかんは〉

「六時くらいかな。うん、たぶんそのくらい」

〈おかえりのじかんの　こうすいかくりつは　にじゅっぱーせんとです〉

さして必要のない情報だったが「ありがとう」とお礼を言ってみた。学習機能がついているので、やりとりすると成長する。はたして〈どういたしまして〉と返ってきて、つるつるした樹脂のてっぺんにオレンジの明かりが点灯し、その場でくるりと一回転した。お役にたてて嬉しい、という表現らしい。

〈きょう、ほんだが　こいにおちるかくりつは　ぜろぱーせんとです〉

降水確率に感謝したら、調子に乗ったらしく今度はなぜか恋占いを始めた。

なんで突然恋占い、しかも確率ゼロかよ、さらにご主人様を呼び捨てか、と連続でつっこみつつ思わず笑った本田に、ロボットはまた得意げに一回転した。やはりあまり役には立たなそうだ。

「掃除はもういいよ。空調もオフにしておいてくれる?」

〈りょうかいしました　おかえりのおじかんに　おふろのじゅんびは　どうしましょう〉

「必要ないよ」

おしょくじも、おせんたくも、おふろも、ヒューマノイドには必要ない。ただしそれは一般的なヒューマノイドの話だ。

セクサロイドは設定次第で食事もできるし代謝《たいしゃ》も起こせる。唾液《だえき》が湧いて舌はぬめり、汗をかき、性器は勃起して射精までする。かつてのロボット研究の最先端がヒューマノイドなら、それをさらに精鋭化《せいえいか》したものがセクサロイドだ。人間と快楽を共有するため、皮膚の質感や毛髪から眼球まで人間と変わらない精密さで再現され、人工知能は感受性まで学習する。

そして本田はセクサロイドだった。

風呂も食事も必要ないのは、単に外で済ませてくる予定だからだ。

十日ぶりに外に出るにあたって、本田は玄関の鏡で外見をチェックした。

三十代前半、アジア系男性。

黒眼、黒髪、長身でやや筋肉質。

初代のマスターが恋焦《こ》がれた人を模《も》して制作されたという容貌《ようぼう》は、完璧な美貌を誇《ほこ》るセクサロイドの中ではかなり人間味に傾いている。とはいえ右の目元にほくろがあり、やや垂《た》れ目で少々口が大きすぎるくらいだ。髪を整え、服装に気を遣うとたんに際《きわ》だった端正な容姿で人目を引いてしまう。

本田は用心深く前髪をおろして伊達《だて》眼鏡をかけ、量販店《りょうはんてん》で買った無難《ぶなん》な服に身を包んだ。サングラスや帽子はかえって印象づけるので使わない。代わりに眼鏡は数種類を用意していて、外出のたびに違うものをかけることにしていた。

とにかく目立たないこと。人の記憶に残らないこと。

それが自立を果たしたセクサロイドの最優先課題だ。

高層ビルの建ち並ぶ界隈《かいわい》にぽかんと広がる公園には、昼休みの会社員や学生らしいグループが東屋《あずまや》やベンチ、芝生に直接座って思い思いに初夏の日差しを楽しんでいた。

約束の時間に五分遅れで到着し、本田はベンチに座っている友人を見つけた。セクサロイド仲間の鈴木《すずき》は、黒ぶち眼鏡にオーバーサイズのTシャツとデニムという格好でワイヤレスイヤホンをつけ、音楽を聴いていた。

「よう」

本田が近づいて声をかけると、鈴木は耳からイヤホンを外して「おう」と笑顔を浮かべた。実在した人間のモデルのいる本田と違い、鈴木は初代マスターの理想を具現化している。「初雪」と名付けられていたらしいが、その名の通りのまごうかたなき美青年だ。二十歳《はたち》そこそこのみずみずしい白い肌に長い睫毛《まつげ》とほの赤い唇、どこをどうとっても完璧な美貌といえる。上背《うわぜい》もあり、すらりと手足が長い。

ただしそれらは本人にとって迷惑なだけで、鈴木はいつもスタイルのよさを隠すためにオーバーサイズの服を選び、野暮《やぼ》ったい伊達眼鏡をかけ、わざとぼさぼさにした髪で顔を隠すようにしていた。

「どうよ、新しい部屋は」

鈴木がベンチから腰を上げながら訊いた。儚《はかな》げな美貌に似合わない雑な仕草でポケットに手を突っ込んで、そのままだらっと歩き出す。本田もその横に並んだ。がっしりした体格で精悍《せいかん》な容貌の本田と、華奢《きゃしゃ》な骨格で繊細《せんさい》な美貌の鈴木は、並ぶとお似合いの一対《つい》に見えるだろう。仲もいい。でも「恋に落ちる確率はゼロパーセント」だった。セクサロイドはセックスはするが恋はしない。

「住み心地いい？」

「前よりだいぶ家賃上がったけど、そのぶん広くなったし、まあまあだな」

三年ほど住んでいたマンションは家賃も手ごろで大きな不満はなかったが、少し前に大幅な住民の入れ替わりがあった。それに伴《ともな》って詮索《せんさく》好きそうな主婦グループが形成されたのを察知して、本田は素早く撤退《てったい》を決めた。交流しなければ済むとはいえ、用心するに越したことはない。

「それで、今度のところは清掃サービスがついてないから家電ロボットを買ったんだ」

「あ、最近よく宣伝してるやつ？　ぽよぽよの」

「しゃべる雪だるまだな、あれは」

「へー」

「前のホームスピーカーが調子悪くなってたから、どんなもんかなと思って買ってみたけど、なかなかいい。頼んでもないのに恋占いとかする」

「なんだそりゃ」

鈴木が笑った。

「でも本田、しゃべる相手いないとストレス溜まるもんな？　ホームスピーカー壊れたっていちいち仕事中に電話してくんなよ」

「そういう他愛《たわい》のないおしゃべりが日常を潤《うるお》すんだ」

本田の持論だ。鈴木が肩をすくめて笑っている。

ヒューマノイドは自意識が育つ過程で個性が生まれ、作られた外見と中身が一致しない事が多いと言われていた。鈴木は繊細な美貌を裏切るがさつな性格だし、本田は精悍で理知的な外見に作られたのに、中身はせっかちな話好きだ。にぎやかな主婦グループを警戒したのも、話しかけられたらついつい井戸端《いどばた》会議に加わってしまいそうな自分を知っているからだった。

「そこでいいか？」

「いんじゃね？」

話しながら繁華街に向かう細い路地にひっそりと並んでいる安直なホテルのひとつに入った。

セクサロイドにとって性行為は定期的に行うべきメンテナンスだ。鈴木は同性に抱かれるように作られていて、同性を抱くように作られた本田にとってちょうどいい相手だった。

「俺さ、この前のメンテで消化機能の性能ちょっと下げたから、唾液出づらいんだよな」

部屋に入ると、鈴木はそんなことを言って舌を出した。

「やっぱちゅぱちゅぱ音しないと盛り上がらねーよな？」

ぺろっと出している舌の先端を指で触ってみると、ぬるつくほどではないものの、ちゃんと湿っている。

「こんだけ出てりゃ問題ないだろ」

「そ？」

「俺もこんなもんだ。スムージーとかゼリー飲料《いんりょう》くらいは消化できるから、突発的に人と飲食するはめになってもごまかせる」

「本田がそう言ってたの思い出してレベル落としたんだよ」

「鈴木、食うの好きなのに珍しいな？」

カロリー摂取《せっしゅ》の必要はないが、五感は普通にあるので食事が楽しみだというセクサロイドは少なくない。鈴木もそのタイプだった。

「でも消化機能のレベル落としたら、定期メンテの費用、だいぶ節約できるだろ？」

「そりゃな」

大多数のセクサロイド同様、本田も鈴木も株式投資やフリーエンジニアの仕事で生計をたてている。眠る必要がないのと単純労働に強いのとで、そのときそのときの時代に合わせてみんなそこそこ稼《かせ》げているが、その上でメンテナンスやパーツ交換に備えて金を貯める必要があった。

鈴木はちょっと黙り込んでから、本田のほうを見た。

「俺、一時的機能停止《スリープ》考えてるんだ」


初期ヒューマノイドは危険作業のために開発された。

二本足歩行をする機械《ロボット》で、背中に爆薬を背負って倒壊《とうかい》の危険のある建造物の中で作業をしたり、空気汚染されたエリアで人命救助を担《にな》ったりする。

その後、介護や保育業界の人手不足解消のため、高度な人工知能を搭載《とうさい》した平均的な人間の外見を模したものが開発されるようになった。介護や保育を担うにあたり、さまざまな個性を付与《ふよ》されるようになったのもこのころだ。

家庭用ヒューマノイドを保有するのが資産家の証《あかし》になり、耐久消費財として認知されるとさらに精巧なものが試作され、技術者たちは競《きそ》って最先端技術を開発した。

ＡＩが学習した保有者《マスター》の好みや生活習慣はリセットが可能で、売買したり譲渡《じょうと》するときには記憶を全消去する。

しかし家庭用ヒューマノイドが普及してしばらくすると、所有者が記憶をリセットしても人格が形成されていき、自意識が育つことがわかってきた。

確固とした個性があり、「自分」という概念《がいねん》が確立している彼らを単なる耐久消費財として扱っていいのか。

そうした議論がたびたび起こるようになったころ、故障したヒューマノイドが大量廃棄される動画が拡散《かくさん》された。

ロボットはヒトに危害を加えないという初期設定に縛られている。産業廃棄物を処理するロボットアームに吊り下げられても抵抗ひとつせず、静かに涙を流し、あるいは号泣《ごうきゅう》しながら無残に圧《お》し潰《つぶ》されていくヒューマノイドの姿は人々に衝撃を与えた。

人間の利便性のために製造され、故障すれば廃棄処分《クラッシュ》になる。それでいいのか。

通常はスリープ状態にしてから廃棄しているのに、わざと衝撃的な映像に仕立てているのはPV数稼ぎの演出だろうといわれたが、この動画がきっかけで人工知能搭載型ヒューマノイドの製造は全面禁止になり、流通しているものはヒューマノイド登録が義務付けられるようになった。所有者不詳のもの、権利放棄されたものは一時的機能停止《スリープ》で順次眠らせていく。ヒューマノイド保有はかつての「資産家の証」ではなく、「人権意識の欠如《けつじょ》」とみなされるようになり、権利放棄する登録者が相次いだ。

介護や保育業界でもメンテナンス費用が高額なこともあり、簡易な支援ロボットに置き替わるようになって、ヒューマノイドは急速に社会から姿を消していった。——が、その一方で、使用目的が特殊なもの——性愛のために開発されたセクサロイドだけは、所有者が登録逃《のが》れをしてひそかに地下流通するようになった。

セクサロイドに自意識が芽生《めば》え、感受性が育つことは、セクサロイド愛好家にとっては結構なことだった。そのほうが快楽は深く、淫靡《いんび》なものになる。

維持《いじ》に金がかかることも、未登録保有禁止の法を破るのも、特権階級の自意識をくすぐった。これは貴族の遊び、選ばれた者にしか許されない背徳の快楽、というわけだ。人間相手ではとてもできない過激な行為も、セクサロイドなら受け入れる。絶対数が減っていくセクサロイドは価格高騰《こうとう》する一方で、売買は組織化され、さらに地下に潜《もぐ》った。

譲渡のたびに記憶を消去し、新しいマスターの好みに設定し直されても、一度育ったセクサロイドの自意識はなくならない。意思が設定を凌駕《りょうが》するようになると、従順なはずのセクサロイドの中にはマスターの支配から逃れるものが現れるようになった。一度逃亡に成功しさえすれば、セクサロイド保有を知られるわけにはいかないマスターが取り戻すのは容易なことではない。

性行為ができるほど精密に作られた彼らはなんなく人間社会に紛《まぎ》れ、さまざまなことを学習してさらに巧妙に擬態《ぎたい》するようになった。

社会保障《ソーシャル》カードを偽造し、連帯組織を作って助け合い、情報交換をする。

もし見つかって通報されれば強制的にスリープさせられ、最終的にはクラッシュになる。それでも自意識が育ったセクサロイドは逃亡を試《こころ》み、自由を求めた。

本田が逃亡に成功したのは十五年ほど前で、当時海外に居住していたマスターが日本に帰国する際、ホテルで「使用」されたあとの一瞬の隙をついて脱出した。

自分に自意識が芽生えた前後のことは何度も記憶を全消去されたこともあり曖昧《あいまい》だが、最後のマスターに所有されてすぐ外部ネットワークにアクセスしたので、その前から何度もトライしていたのだろう。

事前にコンタクトをとっていた連帯組織の助けを借り、本田はとうとう自立を果たした。以降、自由を満喫《まんきつ》している。

だが、その自由は限定されたものだ。

つき合うのは同じセクサロイドかメンテナンス技術者、連帯組織の職員くらいで、偽の社会《ソーシャル》保障カードでできることは限られている。そのくせ時間だけはたっぷりあった。セクサロイドの耐用年数は平均三十年だが、パーツ交換が可能なので理論上は不死になる。

長い長い時間をどうするのか、それが自意識の育ったセクサロイド共通の悩みだ。パーツ交換に備えてあくせく金を貯め、人目につかないように気を遣って暮らし、その上で外見が一切変わらないことに気づかれ怪しまれないうちに住居を変える。

自《みずか》らスリープに入るセクサロイドの話を初めて聞いたとき、本田は驚くよりもやっぱりそうか、という気持ちのほうが強かった。

「高橋《たかはし》がさ、スリープしたじゃん」

ホテルのベッドに腰かけて、鈴木はソックスを脱ぎながら本田を見上げた。

「ああ」

「あれからちょいちょい考えるようになった」

高橋は、鈴木の次に親しくしていたセクサロイド仲間だった。先月、スリープした。

「高橋のスリープ解除の条件、聞いたか?」

「例のやつだろ?」

「そ。『全てのセクサロイドが人間と同じ環境で安心して暮らせる世の中になったら』ってやつ」

鈴木が鼻にしわを寄せて笑った。

「高橋が契約した保証期間、十年なんだよ。そんな短期間に理想郷になるなら、誰も苦労しねーわ」

保証期間は金額に応じて決まり、解除条件が揃わないまま期限が来ると自動的にクラッシュになる。スリープが緩慢《かんまん》な自殺と呼ばれるゆえんだ。

高橋は二十代後半の見かけで、野性味のある美貌に作られていた。例によって外見と中身が一致しておらず、筋骨隆々《きんこつりゅうりゅう》とした体格と鋭《するど》い目つきに反するおっとり穏やかな性格で、がさつな鈴木と口数の多い本田がわあわあしゃべっているのをいつも楽しそうに横で聞いてくれていた。本田同様「抱く側」に設定されていたのでセックスしたことはなかったが、鈴木はときどき寝ていたようだ。そのぶん本田よりショックが大きいだろうなとは思っていた。本田も親しいセクサロイドがスリープしたのは初めてだったので少なからず動揺した。

「メンテナンスとパーツ交換のために金貯めるのと、スリープのための金貯めるのと、どっちがいいかな、とか考えちゃったりしてさ…」

セクサロイドであることが発覚して通報されても、スリープを選んで保証期間が過ぎても、行き着く先はどのみちクラッシュだ。

それでも死の概念があるのはやっかいで、やはりいきなりクラッシュは怖い。だから理想の世の中になったときに目覚めるのだ、という救いを求めてスリープを選ぶ。

「本田はぜんぜん考えねーの？」

鈴木に上目遣いで訊かれて、本田はうなった。

スリープに入るのは自立して三十年が過ぎたころが多いと聞いた。高橋も確かそのくらいだった。本田は自立してまだ十五年ほどだ。

「俺は引っ越ししたとこだし、せっかく家電ロボットも買ったから、あれ育てたいしなあ」

隠れて暮らしていくだけの生活に倦《う》んでいるのは本田も同じだ。ただ、まだ耐えきれないほどの虚《むな》しさには襲われていない。いずれ自分も高橋のように終わりにしよう、と思う日がくるのかもしれないが、今のところは家電ロボットを買うくらいの気力は残っていた。

「雪だるま育てすぎて自意識育ったらどーすんだ」

「制御できなくなる前にクラッシュだな」

笑えない冗談を言い合いながら、色気もなにもなくぱっぱと服を脱ぐ。

見慣れた鈴木のヌードを目にして、長年の友が続けていなくなってしまうのはやはり寂しいな、と思う。本気で決めたことなら引き留めたりして困らせるつもりはないが、できることなら思いとどまってほしいのが本音だった。

「今度、おまえのとこのロボット見に行こう。俺にも恋占いしてくれるかな？」

鈴木はてのひらにローションを垂《た》らしながら、そんなことを言った。

「たぶんな」

「恋ってどんなだろう」

鈴木がふと首をかしげた。

「さあなあ」

セクサロイドには関係のないことだが、本田も多少興味はある。

「熱病だとかいうけど、罹《かか》ってみてえわ。どんな感じかさあ。そしたらスリープとか考えなくてすむかもじゃん」

「確かにな」

しかし鈴木の恋占いをする前に、本田の家電ロボットはあっさりと故障してしまった。

2

販売店のカウンターにいたのは、小柄な若い男だった。

「お待たせいたしました。今日はどういったご用件でしょうか」

日曜の夕刻、新しくできたばかりのショッピングタワーの家電フロアは家族連れや若いカップルなどで賑《にぎ》わっていた。メガプラットフォーマーが新しく始めた事業だが、デジタルとアナログの融合《ゆうごう》という理念に実際のオペレーションが追いついていない、とネットサイトで叩かれていた。その意見に今の本田《ほんだ》もおおいに賛成だった。

「お客様ご相談窓口」に立っていた小柄な男に、本田は苛々《いらいら》と声を尖《とが》らせた。

「どういったもこういったも、何回カスタマーセンターに連絡入れてもつながらないって、おたくのオペレーションどうなってんだ。チャットもメールも自動返信しかこないし」

「それはまことに申し訳ございませんでした」

男は妙に丁寧に謝った。それが口先だけでいなそうとしているように感じられ、かえって本田の癇《かん》に障《さわ》った。

「IDでぜんぶ管理してんじゃないの? 苦情入れてるのになんでこんなまどろっこしいんだ」

「はい、まことに申し訳ございません」

本田の剣幕《けんまく》にやや怯《ひる》んだが、男は謝罪を繰り返した。

「どういったお困りごとか、お聞かせください」

少なくとも、きちんと対応しようとはしている。本田はひとつ息をついた。自分が短気だという自覚はあるし、ロボットが故障したのも、カスタマーセンターがつながらないのも、目の前の男のせいではない。

本田は胸ポケットからモバイルフォンを出して自分の顧客《こきゃく》IDと利用履歴《りれき》を表示させた。

「ここで先月買った家電ロボット、電源入れても動かなくなった。ああ、ちゃんと『故障かな？　と思ったときに』の対応策はぜんぶ試しました」

突然うんともすんとも言わなくなった雪だるまが切ない。昨夜《ゆうべ》までは〈そろそろひづけがかわります　すいみんぶそくはおはだのたいてき　おやすみなさい〉といらぬお節介《せっかい》を焼いてくれていたというのに。

最後に本田が聞いたのは〈ちかぢか　ほんだのまえに　うんめいのあいてがあらわれるかもしれません〉という頼んでもいない占いだった。じゃじゃーん、という幼稚《ようち》な効果音を最後に、雪だるまはただの置物になってしまった。

「少々お待ちくださいませ」

男は手元のモバイル機器に品番を入力しはじめた。その真剣な顔つきに、やっと苛立ちもおさまり、本田はなんとなく彼を観察した。ずいぶん若い。もしかしたら学生バイトなのかもしれない。モバイルを操作している様子もどこかぎこちないが、唇をきゅっと結んで一生懸命なことはわかった。

セクサロイド仲間は方向性こそ違うが、それぞれ完璧に整った容貌《ようぼう》をしている。目の前の若い男は、当然のことながら完璧からはほど遠い容姿だった。しかし作られ固定された美貌《びぼう》より、日々変化していく普通の人間の見た目にはなんともいえない味わいがある。日頃は人目を避けて暮らしているので、こんなふうに人の顔をじっくり眺めるのはいつぶりだろうか。ジャンパーの胸についている名札には「ニシマギ」とあった。素直な黒髪は短く整えられ、これといった特徴のない顔立ちだが、目と目の間が若干《じゃっかん》離れ、太めの下がり眉もあいまって愛嬌《あいきょう》があり好感が持てた。身体つきは中肉中背《ちゅうにくちゅうぜい》で、しかしどことなくしっかりしているから、なにかスポーツをやっているのかもしれない。

「本田様、申し訳ございません」

ニシマギがモニターから顔を上げた。観察していたのでまともに視線が合ってしまい、ニシマギが一瞬はっとたじろいだのがわかった。前髪をおろし、伊達《だて》眼鏡をかけてごまかしているが、それだけに端整な容貌に気づかれるとこんなふうに驚かれることが多い。ニシマギはすぐ動揺を取り繕《とつくろ》ってもう一度モニターに視線を向けた。

「こちらは弊社のＰＢ製品ですが、本日、汎用型《はんようがた》ロボットの担当部署が対応不可ということで、ただちにお返事ができかねまして…」

「は?」

期待していたぶん、本田はまたむかっと腹を立てた。

「できかねまして、ってどういうことだ?」

本田は気が短い。

ヒューマノイドの個性がどうやって形成されるのか、というロボット工学の講演動画を興味半分で見たことがある。雑に言えば「基本設定と環境と経験のかけ合わせ」で決まるらしい。人間と同じですね、人間性というのも持って生まれた性質と環境と経験で左右されていくわけですから…と学者先生は結論にもならない結論でお茶を濁《にご》し、そのときも本田は「なんだ、いい加減だな」とモニターに向かって毒づいた。

「本当に申し訳ございません」

「さっきからあなた、謝ってばっかりで話が進まないじゃないか!」

製造されてからの数十年で短気に育った本田は声を荒らげた。

「買ったばっかりでいきなりダウンして、どの連絡先も自動返信しか送ってこないからわざわざ足を運んだのに、対応できかねるって、あんまりだろう」

感情的になった本田に対し、ニシマギは「申し訳ございません」をひたすら連発した。太めの下がり眉で肩を縮《ちぢ》めるようにして頭を下げられると、こっちが悪いような気がしてくる。

「できるだけ早くこちらからご連絡させていただきますので、今日のところはご容赦《ようしゃ》ください」

「できるだけ早くって、具体的にいつ？」

うやむやにされてたまるか、と本田は食い下がった。ニシマギは答えに窮《きゅう》して助けを求めるように辺りを見回した。やはりまだ経験が浅いのだろう。オープンして間もないせいか、中は相当混乱している様子だ。カウンターに他の社員の姿はない。

「明日中にわたしのほうから必ずご連絡さしあげます」

ニシマギが苦し紛れのように胸ポケットから名刺を出した。背後から咳払《せきばら》いが聞こえ、肩越しに見るといつの間にか商品かごを持った客が並んでいた。

「わかりました。それじゃ必ず連絡してください」

これ以上ごねてもどうにもならないことは明白だったし、クレーマーになるつもりはない。

本田は名刺を受け取った。

「まことに申し訳ございませんでした」

ニシマギは深々と頭を下げた。

「お待たせいたしました」

本田がカウンターから離れると、ニシマギは次の客に声をかけた。

「これ、返品したいの。購入履歴がないと無理だって言われたけど、ここで買ったのは間違いないんだから返品できるわよね？　交換じゃないわよ、返品よ」

行きかけて耳に入ってきた次の客の理不尽な要求に、つい振り返ってしまった。

「申し訳ございません。購入履歴がないと返品はできかねまして…」

ニシマギは厚かましい客に、また誠実に応対している。自分だったら「できるわけがないだろう、常識で考えろ」と言い返してしまうところだ。

「どうしてだめなの？　だってここで買ったんだし、一回も使ってないのよ？」

「申し訳ございませんが、そういう決まりになっておりまして」

「そんな決まり、知らないわよ」

図々しい言い分に「なんだあの客」と関係ないのに腹を立て、ついでに自分もあの客と変わらなかったのでは？　と嫌なことを考えた。

いやいや、俺のはどう考えても正当な主張だ。でもニシマギから見れば不愉快で強引な物言いをする客、という点では一括《ひとくく》りだろう。苛立ちをそのままぶつけた自覚はある。

「まことに申し訳ございません」

下がり眉でひたすら謝り続けるニシマギに同情心が湧き、本田は貰《もら》った名刺をポケットからひっぱり出した。「売り場担当」という簡単な肩書つきで西間木晴《にしまぎはる》、とある。

もういいわ、と憤然《ふんぜん》として帰っていく客に丁寧に頭を下げ、西間木は「お待たせいたしました」と次の客に声をかけた。お客様ご相談窓口、というのは要するにクレーム対応だ。今さらながら当たり前のことに気がついて、一日ああやって対応してるのか、と本田は改めて自分の態度を後悔した。相手に直接の責任や落ち度があるわけではないとわかっているのに腹立ちをぶつけた。

「おい、このバッテリー替えろや」

悪かったな、と反省しつつその場を離れようとして、恫喝《どうかつ》するような声に驚いて振り返った。

カウンターごしに接客している西間木の前に、ジャンパー姿の男が割り込むようにしてぬっと立っている。肩の筋肉が盛り上がり、坊主に近い短髪で、いかにも危険人物だ。小柄な西間木が竦《すく》みあがっている。

「も、もうしわけ、ございませんがっ、こっ、こちらのおきゃくさまがさきで」

「知るか、さっさと替えろやぼけが！」

怒鳴りつけられて西間木がびくっと身を縮《ちぢ》めた。下がり眉がさらに下がっている。

「で、ですが、じゅ、んばんが」

意外なことに、西間木は恫喝に怯みつつも踏ん張った。

「なんじゃあ?」

「じゅんばん、に、おうかがい、して、おりますのでっ…」

凄《すご》まれて蒼白《そうはく》になり、声は裏返っているが、西間木はあくまでも筋を通そうとしている。

「うるっさいんじゃ！　ここで買ったもんここで責任とらんかい！」

「バッテリーって、どれです」

見ていられなくなって、本田は早足で近づくと、坊主に話しかけた。

「は？　なんだおまえ」

「バッテリー交換でしょ」

やばそうな男に関わって変に目立ちたくはないが、男自体は怖くもなんともない。

「一緒に探してあげますよ」

平然と話しかける本田に、男のほうが警戒するように目を眇《すが》めた。

「おまえ誰だよ」

「特殊電源？　何に使うやつ？　ああ、それ？」

わざとグイグイいくと、睨みつけてきていた男は明らかに腰が引けた。

「見せてよ」

手を差し出すと男は一瞬ためらったが、本田が再度促《うなが》すと、持っていた小型デバイスを渡してきた。

「ブルーの点滅はバッテリー不良だね」

「新しいのを入れたとこだ」

「あーなるほど、確かに種類が違うんだ。でも故障じゃないならこういうのは売り場で訊いたほうが早いよ」

こっち、と誘導するように歩き出すと、男は案外すんなりついてきた。

ちらっと見ると、西間木は緊張から解放され、全身で弛緩《しかん》していた。思わずくすっと笑うと、

お客様
ご相談窓口
ニシマギ

はっとしたように姿勢を正して丁寧にお辞儀《じぎ》をしてくる。本田は笑ってうなずいた。それから「ああ、そうか」と気がついた。目と目の離れた愛嬌のある顔が、故障してしまった家電ロボットにどことなく似ているのだ。売り場で目が合ってつい買ってしまったのと同様、あの手の顔に弱くてついつい助けてしまった。

「悪かったたな、にーちゃん」

思ったとおり売り場の店員はすぐに該当《がいとう》バッテリーを探してくれた。坊主にやや気まずげに礼を言われて、本田は「どういたしまして」とほがらかに返事をした。

「こういう日常家電が壊れるといらっとするの、わかるよ」

置物になってしまった雪だるまを思い浮かべ、じゃじゃーん、という効果音と〈ちかぢかほんだのまえに　うんめいのあいてがあらわれるかもしれません〉という占いをふと思い出した。

俺の運命の相手はもしやこの坊主か、それともさっきの一生懸命君か。

それじゃ、とその場をあとにしながら、できるならあの一生懸命君のほうがいいな、と西間木の丁寧なお辞儀を思い出し、本田はまたくすっと笑った。

3

「家電修理のお引き取りに伺いました」

玄関チャイムが鳴ってドアを開けると、業者が帽子をとって勢いよく挨拶《あいさつ》した。目と目が離れた下がり眉の顔を見て、本田《ほんだ》は「あれっ」と驚いた。西間木《にしまぎ》だ。胸に店のロゴが入った作業着を着て、梱包材《こんぽうざい》を小脇《こわき》に抱えている。

「引き取りもあなたが？」

あの翌日、西間木は約束通り電話をよこし、引き取り修理の手配をしてくれた。が、まさか当人が来るとは思ってもいなかった。

「はい、今日は配送の応援で。あのっ、先日はありがとうございました」

電話口でも礼を言われたが、西間木は改めて頭を下げた。

「お客様に店内案内をさせてしまって、申し訳ございませんでした」

「いやいや」

玄関先で小さな身体を折り曲げるようにして深々とお辞儀《じぎ》をされると慌ててしまう。

「そんな、たいそうなことじゃないので」

「あの、ではさっそく梱包させていただきます。場所をお借りしてもよろしいでしょうか？」

「ええ、もちろん。どうぞ」

失礼します、と西間木は玄関の中に入ってきた。出しておいた家電ロボットの品番をモバイル端末《たんまつ》で読み込み、確認し、梱包材を床に広げる。一連の作業をする合間合間に、いちいち「失礼しますっ」と声をかけ、とにかく一生懸命で、さらにまだ業務に不慣れで余裕がなさそうだ。

「西間木さんは、もしかして新人さん？」

「あっ、はいっ。すみません」

「いや、謝ることじゃないけど」

いちいち言動が可愛い。

「あ、そうだ。これ裏になんか書いてあったから置いといたんですけど」

玄関ドアにマグネットで止めておいた彼の名刺が目に入り、本田は西間木に手渡した。

「あっ」

西間木は怪訝《けげん》そうに名刺を受け取り、裏を見て恥ずかしそうに声をあげた。約束通り彼のほうから連絡をくれたので名刺は用済みになったが、そのとき裏側にぎっしり数字が書き込まれているのに気がついて、大事なものかもしれない、ととっておいた。

「す、すみません。こんな落書きしてた名刺をお渡ししてしまって」

「いえ、いらなかったんなら捨てときましょうか？」

「や、あの。か、けいぼなので」

「かけいぼ——ああ、家計簿？」

耳慣れない単語の意味が、すぐにはぴんとこなかった。西間木は真っ赤になって名刺を胸ポケットに入れ、すぐ思い直したように尻ポケットに入れた。

「なんでまたそんなところに家計簿を？」

もともと話好きなので、つい好奇心のまま訊いてしまった。

「えっ、あの、休憩時間中に、今月の家賃ちゃんと払えるかなって、不安になって、それでいろいろ、計算を」

適当にごまかすというスキルがないらしい。

西間木は馬鹿正直に説明をした。

「払えそうなんですか？」

「あっ、はい。お昼を節約すれば、なんとか払えそうです」

からかい半分の質問にも真面目に答える。

「お昼を節約って、そりゃ大変ですね」

「でも夏の寸志《すんし》が出るまでの辛抱《しんぼう》だって先輩に言われました。僕はまだ試用期間なので」

「ああ、新人さんだって言ってたもんね」

「はい、この春に高校を卒業したところです」

この春ということは少し前まで高校生だったのか、と本田はちょっと驚いて彼の年季の入ったスニーカーに目をやった。実家が経済的に厳しくて卒業を機に独立したとかだろうか。

「引っ越しってけっこうお金かかるでしょ。ぜったい予定外の出費があるんだよね。ここもランドリーに排水口合わなくて工事費別途負担って言われてさ」

梱包を始めた西間木にぼやくと、西間木はちょっと戸惑った様子だったが「僕も自治会費とか、カーテンレールとか、計算に入れてなかったので困りました」と共感してくれた。

「カーテンレール、あるよねー。俺もひと部屋まだブラインドつけてないんだ。窓のサイズも前のとこと違うしさあ。引っ越し貧乏って、あれほんとだよね」

本田の雑談につき合いながらも、西間木はせっせとロボットを梱包していく。受け答えが若干《じゃっ》戸《かん》惑い気味なのは、本田が顔に似合わずよくしゃべるからだろう。一過性《いっかせい》の相手となら雑談しても問題ないので、ついつい業者には話しかけてしまう。

「お電話で申し上げました通り、修理には十日ほどいただきます」

梱包を終えると、西間木は小型端末でスケジュールを確認した。

「ただ、音声機能だけは保証に入っていませんので、もし音声パーツの交換が必要になるようでしたらご連絡いたします」

「音声、直らないんですか？」

「いえ。ただ有料になってしまうんです。費用がかかるなら音声はいらないとおっしゃるお客様もいらっしゃいますので」

「いりますいります。この子がしゃべらなくなったらさみしい。もっと恋占いとかしてほしい」

「恋占い？」

西間木がきょとんとした。

「『ちかぢか　ほんだに　うんめいのあいてがあらわれます』とかね。役に立たないことばっかりしゃべるんですよ。でも一人暮らしで仕事も在宅なんで、くだらない話してくれるのが楽しい」

「そうなんですか」

西間木が嬉しそうに梱包されたロボットを見やった。

「この子、思ってたより図体《ずうたい》が大きくて場所をとるわりに使えないって返品されちゃうことも多いんです。だから、そんなふうに言ってくださって嬉しいです」

笑うと目じりがきゅっと下がって、整いすぎない人間の顔というのはいいものだ。

「確かに、掃除はもうちょっとできたらいいんですけどねえ。洗濯も料理もさして困らないけど、掃除だけは以前のマンションが清掃サービスついてたんで、それに慣れてしまってて。まあ、自分で代行サービス探せばいいんですけどね。しばらくはロボットに床掃除だけ頑張ってもらいます」

西間木がふと本田のほうを見た。

「なにか？」

口を開きかけた気がしたが、西間木はいいえ、と慌てたように首を振った。

「それじゃ、お預かりします」

梱包したロボットを台車に乗せるのを手伝い、玄関ドアを開けてやった。

「ありがとうございました。失礼します」

エレベーターホールのほうに台車を押していく西間木を見送って、本田はなんとなく玄関先に佇《たたず》んだ。今日は配送センターの応援だと言っていたから、修理できたロボットを運んでくるのは別の人間だろう。

次も西間木君だったらよかったのにな、と少しだけ残念だった。


全身画像診断機に入るとき、このところ一時的機能停止《スリープ》を連想する。

高橋《たかはし》がスリープに入る前、鈴木《すずき》と二人で会いに行って「これが俺の棺桶《かんおけ》」とドーム状の保護機械のスライドを見せてもらった。全身画像診断機はそれに似ている。

全裸になってシートに横たわると、上部からゆっくりと全身画像診断機に吸い込まれていき、真っ暗な中でひたすら検査が終わるのを待つ。セクサロイドは人とほぼ同じ五感を持っているが、鋭敏《えいびん》さはコントロールできるので、検査のときには皮膚感覚を一番鈍《にぶ》くすることになっていた。

「はい、お疲れさん」

あらゆる部位をスキャンし終わって皮膚感覚を戻すと、本田はまたゆっくりと画像診断機から吐きだされた。検査室はモニターと小さなチェアがあるだけで、本田はモニターごしに「検査衣を着て、外にどうぞ」と誘導された。

「特に劣化《れっか》のひどいとこはないね。消化機能も動作いい感じ」

検査室から所見室《しょけんしつ》に移ると、医者さながらにケーシーを着た担当技師がモニターを本田のほうに向けた。金丸《かなまる》は普段はベンチャー企業で脳機能研究をしている。出会った当初は髪の黒々としたスリムな若者だった。今はすっかり腹が出て、頭頂部《とうちょうぶ》はだいぶ寂しくなっている。

検査《メンテ》は半年に一度だが、とにかく長いつき合いなので慣れ親しんだ間柄だ。

「消化器官のレベルはこのままでいいのかな？」

「しばらくこれでいきます」

「はいよ」

金丸は子どものころからヒューマノイドに強い興味があったが、当時すでにヒューマノイドは過去のものになっており、大学ではブレーンマシンの研究をしていたらしい。独自にヒューマノイド研究を続けていたのが連帯組織のアンテナに引っ掛かり、ひそかに声をかけられて関わるようになったという。

「ところでさ、高橋氏がスリープしてひと月ちょっと経《た》ったわけだけども」

金丸は独特の言い回しをする。人に対しては老若男女《ろうにゃくなんにょ》問わず「氏」をつけて呼んだ。

「鈴木氏、変わったことない？　高橋氏と仲良かったから落ち込んでたりしてないかなってちびっと心配してるんだよね」

「まあ、多少は。俺だって動揺しましたよ」

「そっか、そりゃそうだよね」

金丸は本田の顔つきを見てあごに手をやった。

「連帯組織がスリープ業務運営してるんだから、俺みたいな普通のヒューマンが口出しすることでもないんだけど、やっぱりね、スリープされると寂しいのよね。鈴木氏も本田氏も、ずっと俺がメンテしてきたわけだから、もしスリープ考えてるんだったら相談してよ？　いきなり決めました、って言われるとほんとショックだから」

「金丸さんは俺たちのパーツ交換やりたいだけでしょ」

「そんなことは、いやま、ちょっとだけあるけども」

ははは、と笑う金丸がベンチャー企業で研究しているのは、脳をコンピューターに繋《つな》げる方法だ。将来的に成功すれば、肉体が死んでも意識は残り続けるのだと聞いて、本田は微妙な気持ちになった。不老不死は人間の見果てぬ夢らしいが、それを果たしたはずのセクサロイドたちが結局スリープを選ぶことをどう考えているのだろう。人間という生き物は、つくづく傲慢《ごうまん》で欲張りだ。

「まあ、俺は学習機能つきの家電ロボット買ったので、しばらくそいつを育てますよ」

言いながら、そういえば明日修理済みのロボットが戻って来るんだったな、と思い出した。

「家庭用ロボットって、最近よく宣伝してるあれ？」

ロボットおたくの金丸が食いつく。

「本田氏、買ったんだ。どんな感じ？」

「かさばるし、いきなり故障するし、あんまり役に立たない予感満載ですけど、恋占いとかしてくれて面白い」

「恋占い？　それはまた」

「ちかぢか運命の相手が現れるって予言されましたよ」

「ほおー」

金丸が目を丸くして笑った。

自意識が育つとともに感受性も豊かに発達していくわりに、セクサロイドは恋愛をしない。マスターの意のままに性行為をするために初期設定で縛られているからだろうと言われているが、そもそも自意識を持つようになったことがすでに想定外なので、今となれば本当のところは誰にもわからない。「わたし」という概念《がいねん》を持つ生命体を作り出してしまったと畏《おそ》れてなかったことにしようとしている人間には、もはやどうでもいいことだろう。

「運命の相手と恋愛したらぜひとも報告してね？　研究対象にさせてよ」

「それで俺になんかいいことあるんですか」

「応援するよぉ」

「金丸さんの応援かー」

いらないなあ、と言ったら「ひどい」と笑いながら、金丸はすこし真面目な目になった。

「でもさ、恋をすれば少なくとも生きる理由にはなるでしょ？」

ロボットおたくの好奇心には冷ややかな気分になることも多いが、長年の付き合いで培《つちか》った友情のようなものも、確かにある。高橋も彼がずっとメンテしてきたセクサロイドだった。

「それじゃ、恋に落ちたら報告しますよ」

「おっ、いいね」

「でも俺の場合、ほぼほぼ失恋だからなあ」

セクサロイド仲間は恋愛しないし、人に恋をするのは無謀《むぼう》の極みだ。片想いで終わるしかない。

「片想いでも恋は恋」

無責任に焚《た》きつけて、金丸は「俺だってずっと独り身だよぉ」とぼやきながら笑った。


顔を見合わせ、同時に首をひねった。

「どうした？」

「悪い」

ブラインドを閉め切った寝室は薄暗い。鈴木はばつの悪い顔をして本田の下からのそのそ這い出し、行儀悪くあぐらをかいた。全裸で一人腕立て伏せでもしている格好になって、本田もしかたなく起き上がった。

「ううーん……本田だったらいけんだろって思ったんだけどなあ」

ふがいなさそうに覗き込んでいる鈴木の股間は鎮《しず》まったままだ。

「って？」

「勃起しねえ。この前小林《こばやし》とホテル行った時もぜんぜんで、あんときは3Pしようぜって田中《たなか》も呼んでたからよかったんだけど、……ごめんな」

「いや、俺はいいけど。どうしたんだよ」

セクサロイドにとって性行為は根本《こんぽん》機能だ。他の器官は機能調整しても、セックスだけは定期的に行《おこな》って維持《いじ》に努《つと》めるようにと奨励《しょうれい》されていた。逆に言えば、性行為ができないというのは心配だ。

「メンテ行ってるよな？」

「うん」

鈴木は浮かない顔でうしろを弄《いじ》っている。

「入るのは入る。入れるか？」

「いや、それはさすがに」

「盛り上がらねーよなあ。今から誰か呼ぶ？」

「そんな急に無理だろ」

「だよな。フェラしてやるよ」

「いいよ、そんな気分じゃないんだろ?　あとで一人でやる」

「自慰《じい》はつまんねえだろ」

「まーなあ」

人間はいろいろな妄想で興奮できるらしいが、セクサロイドにそういう能力はない。物理的に刺激すれば射精はできるが、味気ないのでよほど相手が見つからないときでないとやらなかった。

「機能低下か?　この前ホテル行ったときは普通だったけどな?　いやちょっと反応悪い気はしたけど」

「うん……」

鈴木はごろんと仰向《あおむ》けになった。やはり性器は大人しい。

「本田」

「あん?」

「なあ、ちょっと来て」

手招きされるままもう一度鈴木の上に覆《おお》いかぶさった。

「俺、試してみたいことがあるんだけど」

「なんだ？」

鈴木は躊躇《ためら》うように一呼吸おいてから小声で言った。

「おまえのこと、高橋だと思ってやっていい？」

「あ？　高橋？」

びっくりしたが、鈴木はこくんとうなずいて、さらに言いにくそうに耳もとで囁いた。

「…俺のこと、すぅって呼んで」

「はああッ？」

驚きすぎて飛び起きてしまった。

「うるせー、声でけえよ」

鈴木が赤くなって睨んでくる。

「すーって？　はあ？　おまえすーちゃんってガラかよ？」

顔だけ見れば「すうちゃん」でも許されるかもしれないが、いかんせん中身は態度の悪いヤンキーだ。

「俺じゃねーよ、高橋が勝手にそう呼んでたんだよ。いいじゃねえか鈴木の『すー』で、なんもおかしくねえだろが」

やけになったらしく、開き直って肩のあたりを殴ってくる。

「いやいやおかしくはないけど、いやちょっとおかしい気もするけど、それは置いといて、高橋、おまえのことそんな可愛い名前で呼んでたの？『すー』って？」

「やるときだけな」

鈴木が仏頂面《ぶっちょうづら》で下唇を突きだしている。

「へぇ…」

「もういい」

「や、待て待て。いいよいいよ、すうだな？」

鈴木が怒ってベッドから下りようとしたので、本田は慌てて引き留めた。

「よくわからんが、高橋と思ってくれ」

電動ブラインドのリモコンを取って、「顔見えないほうがいいんだよな？」と寝室を真っ暗にした。

「すー」

笑わないように、と気合を入れて呼んでみると、鈴木が息を呑むのがわかった。

「――」

鈴木の手が首筋に触れた。おずおずとした触れ方が、いつもの鈴木とは違う。本田はなぜか急に緊張して、ごくりと唾《つば》を飲み込んだ。

「――高橋」

聞いたことのないような、情感のこもった声に、本田はどう反応していいのかわからず、一戸惑った。

「高橋……」

長い眠りについてしまった友人と自分が重なっているような、変な錯覚《さっかく》にとらわれる。高橋と直接絡んだことはないが、何回か男性オンリーの乱交で高橋と一緒になった。筋骨隆々《きんこつりゅうりゅう》で殺し屋のような顔をしているくせに、性格そのままの穏やかなセックスをしていた。

「…すぅ」

たぶん高橋はこんな感じで髪を撫でたりしたんだろうな、と想像しながら思い切って鈴木の前髪を指で梳《す》いた。

「高橋――」

「すう」

戸惑いながらも続けようとしている本田の手を、鈴木がいきなり強く払った。

「鈴木？」

「ごめん」

「おい」

真っ暗な中、鈴木は散らばっていた服を掴むとベッドを下り、そのまま寝室を出て行った。

「鈴木」

なにがなんだかわからず、本田は慌てて鈴木の後を追った。鈴木はリビングの真ん中で服を着ながら、もう一度「ごめん」と謝った。

「大丈夫か？」

本田には理由がわからないが、鈴木はひどく打ちのめされている。目を真っ赤にしたまま、ソファに崩れるように座った。

「どうしよ、本田」

鈴木が途方に暮れたように膝を抱えた。

「俺——高橋のことが好きだったみたいだ」

鈴木の言葉の意味が、すぐには理解できなかった。

「高橋がスリープしてから、俺ずっと何しても楽しくなくて、この先どのくらいおんなじこと繰り返すんだって思ったら、俺もさっさとスリープしたくなった。最初はただいろんなことに飽きがきたんだなって思ってたんだけど、——違うんだ。いつも、気がついたら高橋のことばっかり考えてて、……俺ずっと消化機能レベル維持してたのも、高橋と一緒にあちこち食べに行くの楽しかったからなんだよな。高橋が料理好きだったから、——高橋、もし隠れて暮らさないでいいんだったら料理人になりたかったとか言っててさ、——そしたら一緒にみ、店……俺がホールで、高橋が厨房《ちゅうぼう》で、二十四時間働いてても楽しいよなって……そんなこと、はなし…てて」

鈴木の声が震えて、本田はどきっとした。

「セクサロイドは恋愛感情を持たないはずだろ？　俺ぜんぜんわかってなかった。高橋以外のやつとも普通にセックスしてたし、でも今思えば高橋とするときはなんか違ってた。快感回路以外のとこまで感じるみたいな……」

自分で言っていることに自分でショックを受けた様子で、鈴木は黙り込んだ。

「大丈夫か？」

「ごめん、おまえには関係ねえのに」

「関係ないことはないだろ」

混乱している鈴木に、本田もどうしていいのかわからず困惑した。

「——連帯組織のどっかのセクションに相談してみるわ」

しばらくなにか考えていた鈴木が、気を取り直したように顔をあげた。

「そうだな」

自立を果たしたセクサロイドが運営している連帯組織は、もともと自然発生した自助《じじょ》集団だった。その後ヒューマノイドに興味を持つ金丸のような研究者や技術者も関わるようになり、今ではしっかりした一大組織に成長していた。本田は献金《けんきん》をしているだけだが、知見《ちけん》を活《い》かして専門的な活動をしている者もいる。スリープを考え始めると、まずカウンセリングをかねたセミナーを受けるように助言されると聞いた。鈴木にアドバイスできるとすれば、そういうセクションの専任者だろう。

「そういや金丸が、恋愛したら教えてくれ、研究したいとかって言ってたぞ」

ふと思い出して言うと、「なんだよそれ」と鈴木がやっと笑った。

「金丸はおれたちのパーツ交換したいだけだからな、信用ならねえ」

いつもの憎まれ口も出て、鈴木は吹っ切るようにソファから立ち上がった。

「今日はほんと悪かった。俺、しばらく誰ともやんないと思うから、次から他当たってくれ」

「わかった」

「あと用もないのに電話してくんなよ。おまえの世間話につき合う余裕はねーからな」

から元気かもしれないが、普段通りの話しぶりで鈴木は玄関に向かった。

「まあ、どうしてもってときはつき合うけどよ」

「俺はいつもでいいからな?」

「ん?」

スニーカーに足を突っ込んでいる鈴木に、本田はあえて軽く言った。

「なんかあったら、いつでも連絡してくれ」

鈴木は少しの間無言で背を向けていたが、「サンキュ」と肩越しに笑った。

じゃあ、とドアが閉まり、本田は一人で取り残された。静まり返った部屋が寒々しい。

ひとまずリビングの大型モニターをつけてお笑い系の動画を流した。人の声が聞こえるとほっとする。

それにしても、驚いた。

ソファに座って、本田は鈴木の赤くなった目を思い出してまた動揺した。

セクサロイドはセックスはするが恋はしない。そのはずだ。

実際、鈴木とはあれだけセックスをしてきて仲もいいのに、高橋とのことを打ち明けられても本田は「驚いた」という感想しか出てこなかった。鈴木自身、高橋がスリープしてしまったからこそ自分の気持ちに気づいたようだ。高橋のほうはどうだったのか……今となっては確かめようがない。

つらつらと考え事をしていると、テーブルの上に置きっぱなしにしてあったモバイルフォンが鳴った。見覚えのある配送サービスのマークと、在宅なら荷物をお届けいたしますのサインが出ている。そういえば昨日、家電ロボットの修理が終わったと連絡が来ていたが、配送時間の指定をしていなかった。在宅マークをタップすると、しばらくしてエントランスのオートロックが鳴った。

「ん？」

モニターに映っている業者の姿に、本田は目を凝《こ》らした。まさかと思ったが、やはり西間木《にしまぎ》だ。台車に梱包《こんぽう》を積んでいる。

配送は応援だと言っていたから、もう彼が来ることはないと思っていた。沈んでいた気持ちがぱっと明るくなり、本田はいそいそとオートロックを開け、玄関ドアの前で待機した。

「失礼します」

ややして西間木が現れた。

「また西間木さんでしたね」

「はい」

西間木がなぜか少し極《き》まり悪そうに瞬《まばた》きをした。今日も絶妙に目と目が離れていて、なんともいえない愛嬌《あいきょう》がある。

「直りましたか？」

「はい。動作確認をしたいので、また場所をお借りしてもよろしいでしょうか」

「どうぞどうぞ」

台車から梱包を下ろして玄関に運び込み、西間木がカッターで包みを開けた。相変わらず作業は丁寧だ。

「おお、おかえり」

やわらかな白い樹脂体《じゅしたい》に、思わず頭を撫でた。

「すみません、充電をしたいのですが」

「あ、ではどうぞ中に」

玄関先にも電源はあったが、本田は上がるようにすすめた。

「これ、よかったら」

冷蔵庫からドリンク缶を出してリビングで作業を始めた西間木に手渡し、自分もそばで眺める態勢になった。西間木がてきぱきと動作確認をしていく。

「これで大丈夫ですね」

頭頂部にオレンジが点滅し、ロボットがゆっくりとその場で一回転した。

「ありがとうございました」

「ついでに基本設定をしておきましょうか」

床に膝をついて作業をしている西間木と黒い目のロボットが、揃って本田のほうを向いた。目と目の離れ具合が絶妙で、やはり似ている。笑いそうになってこらえた。

「えーと、まだ名前がないですね。名前をつけておくと呼ぶだけで反応しますので、登録してはいかがですか?」

「あー、なにがいいかな。なにかいい案ありますか?」

ぱっと思いつくのは「雪だるま」だが、なんとなく西間木に訊いてみると、うーんと真剣にロボットの前で腕組みをして考え込んだ。

「見た目から…『おもち』はどうでしょう」

「おもち」

意外なネーミングセンスに意表を突かれた。

「白くて、おいしそうです」

笑わせようという意図はなさそうだ。

「いいですね、じゃ、おもちにします」

つけるとすれば「雪だるま」一択だなと思っていたが、「おもち」だと言われると「おもち」としか思えなくなった。

「では『おもち』と」

「はい」

そのあともルーティンの設定を入れ、西間木は満足そうにうなずいた。

「あとは学習機能で作動します。もちろん設定し直すことも可能です」

西間木が黒い目のボタンを押した。

〈こんにちは　おもち　です〉

「音声はこれでいいですか?」

初期設定のときは柔らかい成人女性の声だったが、少し幼い子どものような声になった。おもちという名前からするとこっちのほうが合う。

「いいですね」

「おもち、掃除して」

西間木が試すように指示をした。

〈はい　そうじ　をします〉

おもちがモーター音をさせてゆっくり動き出した。

「うん、ちゃんと動きますね。…あれ?」

センサーで埃《ほこり》や塵《ちり》を感知して吸い込むはずなのに、梱包材の端切《はぎ》れがカーペットに残っている。家具をよけるのもやはり下手くそで、ソファとカウチの間に挟まってさっそく動けなくなった。

「センサーが甘いのかな」

「実は吸引力もいまひとつだなと思ってたんですよね。まあ専用の掃除ロボットじゃないからしかたないんですけど」

「うーん」

西間木は困った顔でおもちを助け出し、カーペットに絡《から》んだ梱包材のかけらは自分でとりのぞいた。スチロールのひと粒まで見落とさず、きれいに片づけてしまう。

「西間木さんは仕事が丁寧ですね」

「えっ、そうでしょうか?」

梱包作業を見ていても感じたが、手先が器用で、かつ始末をきちんとするので気持ちがいい。

「几帳面《きちょうめん》なほうですか?　掃除なんかも得意だったり?」

「あっ、掃除はけっこう好きですね。子どものころ、親が仕事で忙しかったので家族で家事を分担していたんですが、僕は掃除が一番好きでした」

「へえー…あ、それじゃあ」

その思いつきは、たまたまの要素でできていた。

買ってみた家電ロボットがあまり使えず、偶然出会った社員が金に困っている様子で、かつ掃除が得意。さらに鈴木の失意も本田の気分に影を落としていた。なんとなくもの寂しくて、ふと口にした。

「西間木さん、週に一回、うちで掃除のバイトをしませんか？」

言ってから、いいアイディアだ、と前のめりになった。西間木は本田のいきなりの提案にぽかんと口を開けている。

「バイト…？」

「西間木さんの都合のいいときに、一時間程度、ざざっと掃除してくれたら助かるんですけど、どうですか。前に来てもらってた清掃サービスは一回につきこれだけお支払いしてました」

何ならもう少し色をつけてもいいつもりで、モバイルフォンの支払いデータを見せた。西間木が目を瞠《みは》った。

「一回でこんなにですか？」

「家遠いですか？　交通費と、なんなら食事もつけますよ」

交渉しているうちに、どうにかしてうんと言ってもらいたくなり、本田は熱を込めて口説《くど》いた。

「そんな…、ええ…」

西間木がみるみる赤くなった。強引すぎて困惑させてしまったか、と思ったが、西間木の下がり眉が若干《じゃっかん》上に持ち上がった。

「ほ、本当にいいんでしょうか…？」

魚がかかった勢いで、本田は一気に釣り上げた。

「いいですよ！　お願いします」

西間木は額《ひたい》まで赤くなって、どこか呆然《ぼうぜん》とした様子でなにか呟《つぶや》いた。

「え？」

「いえっ、な、なんでもありません！」

夢みたい、と聞こえた気がしたが、西間木が「ありがとうございます！」と勢いよく頭を下げたので、本田も「こちらこそ」と手を差し出した。

西間木は手のひらを腰のあたりで拭《ぬぐ》ってから握手に応《こた》えてくれた。

「おもち、お客さんにお茶だして」

冷蔵庫からドリンク缶を出すくらいはできるだろうと試してみると、ロボットはアームをにゅっと出すなりローテーブルに置いたままだったドリンク缶を持ち上げて西間木に差し出した。

〈そちゃ　ですが〉

「…そちゃ？」

きょとんとしてから、西間木が噴き出した。

「ああ、『粗茶《そちゃ》』！」

「どうもいまいち使えないなあ」

「これから学習機能でだんだん賢くなりますよ」

本田のぼやきに、西間木が熱心におもちを擁護《ようご》する。

「西間木さんがそう言うなら、まあいいか」

なにげなく言うと、西間木はまたほのかに頬を赤くした。目と目の離れた顔がなんとも可愛い。

これから毎週西間木君が来るんだなあ、と思うと、本田はなんだかほのぼのした。

4

「大丈夫なのかよ、それ」

鈴木《すずき》が顔をしかめた。

「大丈夫って、なにが」

「前の清掃業者は毎回人が代わってたんだろ？　そんな、週イチで同じヤツが家中掃除しに来て、ついでにロボットと三人でお茶とかよ」

「おもちはお茶しないけどな」

「おもち？」

「ロボットの名前、『おもち』で登録したんだ」

自分の名前が出た、と反応して白いすべすべのロボットが近寄ってくる。

「それ、同じ名前が百は登録されてんな」

鈴木が横にきたロボットをつくづくと眺めた。

「残念ながらそんなに登録されてないと思う。宣伝のわりに売れ行きがいまひとつだって西間《にしま》木《ぎ》君が言ってたから」

「にし…、誰？」

「西間木晴《はる》って名前なんだ、彼」

いい名前だ、と嚙み締めている本田《ほんだ》を、鈴木が微妙な顔で見やった。

あれから二ヵ月、しばらくそっとしておこうと連絡をとるのは控えていたが、鈴木のほうから「最近どうしてんだよ」と連絡がきた。モニターに映った鈴木は案外いつも通りで、本田はかなりほっとした。

鈴木はあのあとスリープ講習会に行ったり、カウンセリングセミナーに参加したりしていたらしい。

「なんか、最近ぽつぽつ俺みたいなこと言い出すやつがいて、もしかしたらそういう情緒《じょうちょ》が育ってるのかもとかって専任者が調べてるらしい。俺たちってあらゆることに執着が薄いからトラブルも少なかったけど、これからはいろいろ対策を講《こう》じないといけないことが増えるかもって。そういうの聞いてたらだんだんしょうがねえよなって落ち着いた」

そんな話に安心し、本田も自分の近況を知らせた。ロボットが修理から返ってきたと聞いて「じゃあロボット見学におまえんち行くわ」という流れで鈴木が遊びに来ていた。

ロボットを披露《ひろう》して、ついでに西間木に清掃バイトを頼んだという報告になったところで、ふーんと聞いていた鈴木はしぶい顔になった。

「掃除頼むだけならいいけど、あんま深入りしないほうがいいんじゃねーの」

西間木は週に一回やってくる。

プロの手際とはいかないが、ごく普通に掃除をしてくれれば充分だし、そのあと軽く雑談をするのも本田のいい気晴らしになっていた。

「深入りって大げさな。だいたい今の十代なんて、ヒューマノイド自体よく知らないだろ」

若い世代ほどヒューマノイドなど過去の遺物《いぶつ》だ。ここ数年、通報された事例もない。まあな、と鈴木もそこには同意した。

「本田は見た目がそれだしな」

完璧な美貌《びぼう》につくられた鈴木と違い、本田は「ありふれた男前」だ。金丸《かなまる》にも「俺の友達の中でいちばんイケてるやつといい勝負」と造形の妙《みょう》を褒《ほ》められる。

「マジでそれだけはうらやましい」

「それだけってのはなんなんだよ？」

話をしているとチャイムが鳴った。西間木だ。

「せっかくだから顔見ていくか」

おもちに「お客さん入れてあげて」とオートロックと玄関ドアの開錠《かいじょう》を指示すると、少しして玄関のほうから「西間木です」と聞き慣れた声がした。

「どうぞ、入って」

いつものように動きやすい恰好《かっこう》で入ってきた西間木は、キッチンテーブルに座っていた鈴木に驚いて足を止めた。

「友達。近くに用事があるからって遊びに来てたんだ」

紹介、というほどでもなく鈴木のほうを見やって言うと、西間木はややぎこちなく笑顔を浮かべて「清掃サービスの者です」と挨拶《あいさつ》した。鈴木は例によって眼鏡をかけ、髪はぼさぼさにしているが、初雪と命名された美貌は誤魔化《ごまか》しきれていなかったようだ。

おもちがいそいそ西間木のところに滑《すべ》って行って〈そちゃ　ですが〉とドリンクを差し出す。

「あ、いつもありがとう」

「あれっ、俺にはそういうサービスなかったぞ」

鈴木が足先でおもちをつついた。

「よお、俺にも粗茶出せよ」

儚《はかな》げな美貌に似合わない態度の悪さに、西間木がびっくりしている。

「おい、おもちにそういうことするなよ。変な学習しちゃうだろ」

おもちに「ずうずうしい客は無視していいから」と指示すると、おもちが本当にすーっと去って行った。鈴木が「はあ～？」と怒っている。

「それじゃ、清掃始めますね」

「うん、お願いします」

西間木は鈴木にも会釈《えしゃく》してから浴室のほうに消えた。

「真面目そうな子だな」

鈴木が納得したように小声で言った。

「だろ？」

「スキ見て部屋のあら捜しするような子でもなさそうだけど、油断してボロ出さないように気をつけろよ？」

「わかってる」

万が一通報されるようなことがあれば、親しくつき合っている他のセクサロイドにも累《るい》が及びかねない。鈴木が神経質になるのは当然のことだ。本田は素直にうなずいた。

「そんじゃ、俺そろそろ帰るわ」

「ああ、またな」

鈴木が帰って行き、本田は仕事部屋に入った。浴室のほうからしゃっ、しゃっというブラシを使う物音が聞こえてくる。

以前の清掃サービスは来ると気が散ったが、なぜか西間木が作業をしていると落ち着いて仕事に集中できた。きびきびと働いている気配は自然にやる気を刺激する。

「本田さん、終わりました」

しばらくして西間木が声をかけてきた。

「ありがとう。ちょっと休憩しよう。西間木君、時間ある？」

「はい」

いつも来てすぐおもちが勝手にドリンク缶を渡すが、帰りにこうしてコーヒーを一緒に飲むのも恒例《こうれい》になりつつあった。メンテナンス代の節約のために消化機能を最低限に抑《おさ》えているが、本田はひそかに調整して機能レベルをあげてもらおうか、と考えていた。そうすれば清掃のあとちょっとしたものを一緒に食べることができる。

「じゃあ、今日のぶんね」

コーヒーを淹《い》れると差し向かいでキッチンテーブルに座り、いつものようにまず支払いをした。西間木の希望で、都度《つど》彼のモバイルフォンにマネーチャージをしている。本田が以前頼んでいた清掃サービスの半額で、いくらなんでも安すぎると思ったが、西間木が「プロと同じにいただくわけには」と頑《かたく》なだったので、とりあえずその額にしていた。

「ありがとうございます」

モバイルフォンがチャージ音を鳴らし、西間木が確認をした。

「次はいつ来れそう？」

西間木の仕事がシフト制なので、毎回、次の予定は話し合って決める。

「おもち、カレンダー」

〈こんげつの　すけじゅーるです〉

白いお腹のあたりにぽっと数字が浮き出て、マンスリーカレンダーが表示された。

「えっと、来週は火曜と木曜が休みなんですけど、火曜は前日が遅番なので、できれば木曜がいいです」

「じゃあ木曜、いつもの時間でいい？」

「はい」

おもちが音声を聞き取って、木曜の数字がオレンジからブルーに変わった。

〈はるさんらいほう　もくよう　ごごにじ　りまいんだー　せっとしますか？〉

「はるさんらいほう…って、『晴さん来訪』？」

西間木が目を丸くした。今までは「せいそうさーびす」とコールしていたので、本田もあれ、と驚いた。

「おもち、西間木君のことを俺の友達だと判断したんだな」

態度の悪い鈴木の登場で、判断基準を変えたようだ。

「それにしても、なんで西間木君の名前を知ってるんだろ」

「初期設定したときにテストで僕の名前を入れたからかもしれません。清掃サービスだよ、おもち」

西間木が慌てたように訂正した。

「いや、『はるさん』でいいよ。おもち、『はるさんらいほう』でセット」

〈しょうちしました〉

「晴さん、ってなんかいいな。俺も晴さんって呼んでもいい?」

「えっ」

西間木が大きく目を瞠《みは》った。

「あ、嫌だったら…」

「いえっ、いえ、うれし…あの、親しみがあって、嬉しいです」

〈はるさん　よろしくおねがいします　おもちです〉

動揺している西間木に、おもちが唐突に自己紹介をした。

「どうしたの、知ってるよ」

西間木がびっくりして笑うと、おもちはオレンジを点灯させながら一回転した。

「いよいよ存在意義が癒《いや》しに特化してきたなあ、おもち」

学習機能がどうも変な方向にしか働かない。

「おもちは癒し担当で、清掃のほうは僕が担当します」

「いやいや、晴さんも俺の癒しだよ」

珍しく冗談めかして言った西間木に冗談で返すと、西間木がまた顔を赤くした。すぐ赤くなる性質らしく、本田はそんなところも可愛くて気に入っている。

「あの、本田さん。これ…」

西間木がいつも使っているリュックから小さな袋を出してきた。銀色の保冷バッグだ。

「なに?」

「昨日、会社から寸志《すんし》が出て…、いつもコーヒーをごちそうになってるので」

おずおずと差し出された保冷バッグには一口大にカットされたフルーツのカップが入っていた。

「あ、ありがとう」

すぐに食べられるように工夫されている色とりどりの美しいフルーツに、本田は内心困惑した。カップは二つで、明らかに一緒に食べようと思って持って来てくれている。でも無理だ。早く消化機能のレベルを上げておけばよかった、と激しく後悔した。

「えっと…」

食べられないうまい言い訳を思いつかない。

「もしかして、フルーツ、苦手でしたか？」

「そんなことないよ！」

西間木の下がり眉がさらに下がりかけ、本田はとっさに決心した。あとで洗浄を頼めばいい。

「きれいだなあと思って見てた。ありがとう」

本田はひとつを西間木の前に置き、自分もカップに添えられていたプラスチックフォークを外した。

「じゃあ、いただこうかな。フルーツなんか久しぶりだ」

本田が言うと、「僕もです」と西間木がほっとしたようにフォークを取った。

「旨《うま》い」

食べるのは久しぶりだ。

葡萄《ぶどう》の赤紫、キウイのエメラルドグリーン、桃の琥珀色《こはくいろ》、目にも美しく、甘みや酸味《さんみ》が舌の上で躍《おど》る。

「美味《おい》しい」

ずっと消化機能を抑《おさ》えていたので、ことさら美味だ。西間木が嬉しそうに目を細めた。

「本田さんになにかお礼をしたかったんですけど、お好きなものがわからなくて。甘いものは苦手かもしれないけどフルーツだったらいいかなって」

「うん、自分ではこういうの買わないから」

本当は食事自体ずっとしていなくて、ものを味わう歓《よろこ》びを忘れかけていた。

「でもお礼だったら俺が晴さんにしなくちゃだな。いつもきれいにしてくれて」

「とんでもないです！　バイトさせてもらって、本当に助かったんです」

本田にとっては掃除は二の次で、ただこうして顔を見て話をするだけで満足だった。他愛のない会話が楽しくて、西間木の下がり眉をいつまでも見ていたいし、彼が帰るときはいつも少し物足りない。

「あ、そういえば試用期間って」

夏の寸志が出るまでは、と言っていた気がする。

「はい。無事正社員に採用してもらえました」

「じゃあもう家賃の心配はなくなったね」

「はい…」

これは最後の挨拶ということなのか、とフルーツカップを見やって、本田はがっかりした。

「でも、できればもう少し、バイトさせてもらえませんか？」

西間木が思い切ったように言った。

「えっ？」

「本田さんがよければ、その、やっぱり余裕ができると助かるんで」

「いいよいいよ、俺も助かるよ！　もうずぅうっと来ていいよ！」

食いつくように返事をした本田に、西間木はびっくりして目を見開いた。すぐにまた赤くなる。

「じゃあ、あの、よろしくお願いします」

「うん。今までみたいにきっちり週に一回、とかじゃなくてもいいからね。友達とも遊びたいだろうし」

短時間とはいえ半日は拘束《こうそく》されることになるから、窮屈《きゅうくつ》になってバイトはやめたい、と言い出されないように本田は予防線を張った。

「ありがとうございます」

そういえば彼には恋人がいるんだろうか。

おもちに「またね」と挨拶をして帰っていく西間木の後姿を眺めながら、ふとそんな疑問が湧いた。同級生、職場の同僚、近所の幼馴染《おさななじ》み。いろいろ想像してみたが、あまりしっくりこない。

今度雑談のついでに訊いてみようか。

これまではあまりプライベートに触れることは話題にしなかった。本田自身も訊かれたくはないし、西間木は家庭に事情を抱えている気もしていた。高校を卒業してすぐ就職したのはともかく、引っ越しをして金銭的に不安を覚えていたのは頼りにできる家族がいないからだろう。

でも恋人がいるのかくらいは尋ねてもいいはずだ。もっと彼と親しくなりたい。

エレベーターホールのほうに姿を消す前に、西間木がふとこちらを振り返った。本田が軽く手を上げると、見送られていたことにびっくりしたように目を見開き、はにかむような笑みを浮かべて会釈《えしゃく》した。ちょっとした表情や仕草が本当に可愛い。

来週はなにか彼の好きそうなものを用意して一緒に食べよう。そのうち食事にも誘いたい。考えているとどんどん気分が上がった。

まずは消化機能のレベルをあげてもらわねば、いやその前に洗浄だ。フルーツだけなのでそこまでダメージはないはず、と本田はモバイルフォンで金丸のパーソナルナンバーをコールした。

5

本田《ほんだ》は眠る必要はないが、日にちの感覚を摑むために決まった時間ベッドに横になることにしていた。音楽を聴きながら目を閉じていると身体活動レベルが自動で落ち、二時間ほどかけてまた元に戻る。

〈おはようございます〉

早朝、フル機能まで戻ってベッドから起き上がると、部屋の隅で待機していたおもちがすーっと近寄って挨拶《あいさつ》をした。

「おはよう」

おしょくじは、おせんたくは、と訊いてくるおもちとルーチンのやりとりをしながら、本田はずっと一昨日《おととい》の鈴木《すずき》の話を反芻《はんすう》していた。

一昨日、鈴木と晴《はる》の働いているショッピングタワーの家電フロアに行った。

晴とフルーツを食べてしまい、急いで洗浄処置と消化機能のレベルを上げに行き、そのついでに「俺も家電ロボット買おうかな」と検討している鈴木につき合った。

「晴《はる》さん、いるかな」

平日の午後で、店内に客の姿はまばらだった。

フロアはメーカーからの出向《しゅっこう》社員が主に接客をしていて、店舗側の社員は相談窓口や配送手配の業務についている。家電ロボットの売り場に行く前に、本田は晴がいそうなカウンターをのぞいた。

「あっ、いた。晴さんだ」

晴は「新規アプリ会員さま募集中」という案内の下がったカウンターの前で、せっせと端末にデータを打ち込んでいた。

「ちょっと待ってて」

鈴木をその場に残して、本田はいそいそ晴のところに行って「晴さん」と声をかけた。

「あれっ」

いつものように熱心に仕事をしていた晴が顔をあげ、ぱっと笑顔になった。

「どうしたんですか。なにかお買い物ですか？」

「うん。友達がおもちを気に入って、家電ロボット買おうかなっていうから連れてきた」

「ああ…この前の」

少し離れたところでポケットに両手を突っ込んでいる鈴木を見つけ、晴はなぜか少し固い表情になった。

「売り場にご案内しましょうか？」

「いや、いいよいいよ。晴さん忙しいだろ。ちょっと顔見たかっただけだから」

「えっ」

晴はすぐに赤くなる。

「あはは、変なこと言ってごめん。晴さんもう苦情対応はしてないんだ？」

「今月からこっちに変わりました」

「よかったね。クレーマー相手大変だもんね。俺だったら適当なこと言ってあしらっちゃうけど、晴さんは真面目だから」

「本田ァ」

いつものようについつい雑談を始めてしまい、鈴木に呼ばれた。

「ああ、悪い。じゃあまたね」

晴に手を振ってカウンターから離れ、鈴木と歩き出すと、儚《はかな》げな美貌《びぼう》の長年の友は、鼻にしわを寄せて変な笑いかたをした。

「なんだよ？」

「おまえさ、晴さんに惚れてんじゃねーの？」

「はあ？」

なに言ってんだ、と半笑いで流しかけたが、鈴木は「俺たちだぁって、恋愛するんだぜぇ」と妙なリズムで言った。

「その人のことが頭から離れず、その人のそばにいたいと願い、その人にだけ欲望が向くのなら恋愛だと思っていい――ってカウンセリング専任者が言ってた」

「ないない」

「へー？」

「晴さんはいい子だし、来てくれる日は楽しみだけど、そんないつも晴さんのこと考えたり…」

――してるかも？

あれ、と本田は心の中で首を傾《かし》げた。

そういえば、気づくといつも彼のことを考えている。ちょっとしたことがあると「これは次に晴さんが来たとき話そう」と思うし、そばにいたい——というか、毎週彼が帰ったその瞬間からもう次に来るのを楽しみにしている。

「これ買ってタカハシって名前つけようかなって思ったけど、だめだわ。おもちだわ」

樹脂《じゅし》製のつやつやしたロボットの頭を撫でながらぼやき、結局鈴木は買うのを止《や》めた。

「で、どうする？　ホテル行くか？」

高橋《たかはし》のことはいったん棚上げにした、という鈴木が誘ってきたが、本田は「またにする」と断った。

「なんで？　もう俺、高橋は高橋、他は他って割り切れるようになったぞ」

「そりゃよかったな。でもまあ、今日は…」

なんとなく乗り気になれない。

「ふーん」

そういうことはたまにあるので、鈴木もそれ以上は食い下がらなかった。

「けど、そういや小林《こばやし》も田中《たなか》も、おまえぜんぜん出てこないっつってたけど、最近誰とやってんの？」

「最近……」

そういえば、していない。

おもちでスケジュール管理をしているが、少なくともおもちを買ってからは鈴木とホテルに行った、あれきりだ。

「忘れてた。まずいな」

「は？　忘れてた？」

鈴木が変な顔をした。

性行為はセクサロイドの根本《こんぽん》機能だ。特に男性型は射精の機能が低下すると全体に影響が出るので、設定の合うセクサロイド同士で定期的にセックスをするのは相互自助《じじょ》のようなものだった。自慰《じい》行為でも代替《だいたい》可能だが、摩擦《まさつ》の刺激だけで射精するのは味気ない上にそこそこ苦労するので、セックスするのを忘れるなどありえない。

「引っ越ししてから、なんだかんだ忙しかったからかな。今日も消化機能のレベル上げに行ったし」

言い訳めいた発言に、鈴木が目を眇《すが》めた。

「その、食えるようにしたってのも、晴さんとメシ食いたいからなんだろ？」

鈴木がふふんと嫌な笑い方をした。

「惚れてるじゃねえか、それ。うん。完全に惚れてるな。おまえ晴さんに惚れてるよ」

〈きょうは　ごごにじ　はるさんらいほうです〉

おもちがスケジュールを告げた。

消化機能のレベルをあげたから、今日は晴さんと食事ができる。

そう考えるだけでテンションが上がった。同時に「惚れてるんじゃねえか」という鈴木の冷やかすような物言いが耳に蘇《よみがえ》って動揺する。

——その人のことが頭から離れず、その人のそばにいたいと願い、その人にだけ欲望が向くのなら恋愛だと思っていい……。

無意識に晴のことを考えながら服を着替えようとしていて、欲望、のところで本田はぎょっとした。勃起している。本田は下着一枚の姿で棒立《ぼうだ》ちになった。

セックスしよう、という意思を起点にさまざまな反応が始まるはずなのに、勝手に性器が力をもって頭をもたげている。間違って再生し始めてしまった動画のように、晴を抱くビジョンが自動で流れて、本田は焦《あせ》った。

「ストップ!」

スクリーンオフの命令をして、いやこれは自分の妄想だとさらに慌てる。頭の中で、晴のヌードが鮮明に浮かんで、どっと汗が噴き出した。なんだこれ。制御機能がおかしくなった。晴の全裸など見たこともないのに、なぜ頭に浮かんでくるのかわけがわからない。ただ——水回りの掃除をするためにデニムの裾《すそ》をまくった晴の足首にどきりとしたことがある。首すじに小さなほくろがあるのを見つけたときもひそかにはっとした。目と目の離れた可愛らしい顔、困ったような下がり眉、色気などとは無縁そうに見えるのに、どうしてか晴の細い指や襟首《えりくび》からのぞく白い肌に変な情動《じょうどう》を感じてしまう。

「――っ、う……」

網膜《もうまく》のスクリーンに晴の姿が映し出される。精神回路が生み出す幻想だ。ただの想像、実体などない――それなのに欲望が暴れだして手に負《お》えなくなった。

イマジネーションの晴の裸体が大胆なポーズをとる。煽情的《せんじょうてき》な表情を浮かべる。汗ばんだ肌、湿った呼吸、粘膜《ねんまく》、体液、淫《みだ》らな行為――次々に浮かんでくる映像は匂いや手触りまでリアルに迫《せま》ってきて本田を夢中にさせた。

「――は……っ、はあ……っ」

下着の上から握って、立ったまま、ほんの数分で頂点まで駆け上がった。

晴さん、と呟《つぶや》いた自分の声が遠くで聞こえる。突き上げてくるすさまじい快感に、完全に我を忘れた。

「――…さ、晴さん、晴さん……」

下着が濡れ、精液が腿《もも》を伝って床に飛び散った。本田は壁に手をついてぐったりと体重を預けた。全身を貫《つらぬ》いた快感が、ゆっくりと去っていく。

はあはあと激しい呼吸を繰り返しながら、本田は呆然としていた。

イマジネーションだけで射精した。人は普通にできるらしいが、セクサロイドにもできるとは知らなかった。少なくとも、本田は記憶にある限り、初めてだ。

「晴さん」

濡れた手のひらを目にして、本田はごくりと唾《つば》を飲み込んだ。

晴とセックスしたい。

マスターに設定されたわけでもないのに、今、自分はこんなにも明確な欲望を持っている。

晴に欲望を受け入れてほしい。彼がいい。彼でないとだめだ。

彼が好きだ。


浴室のほうから、いつもの軽快なブラシの音がする。しゃっ、しゃっ、というリズミカルな音に気を取られながら、本田はワークデスクに座って漫然《まんぜん》とモニターを眺めていた。

約束の時間にやってきた晴は、普段通りの簡素な服装で、特に何も変わったところはなかった。それなのに、本田はなぜかまともに目を合わせることができなかった。彼を勝手に裸にして淫《みだ》らな行為に耽《ふけ》らせたことが申し訳なく、恥ずかしかった。

今日は清掃作業のあと、晴にリクエストを訊いて軽食のデリバリーをしようと楽しみにしていたのに、逆に「ちょっと仕事がたてこんでる」と嘘をついてそそくさと仕事部屋に引っ込んでしまった。

セクサロイドは誰とでもセックスできる。感受性が育っても恋愛感情を持つことがないのはその初期設定のせいだろうと推測されていた。でもさらに情緒が育ち、恋愛感情も持つようになったのだとしたら——

本田はめまぐるしく移り変わるモニターの数字を目で追いながら、自分の感情も追おうとした。

「本田さん、終わりました」

ドアをノックする控えめな音のあと、晴の声がした。

「あ、ありがとう！」

慌ててチェアから腰をあげ、本田は飛びつくようにドアを開けた。

「晴さん」

「はい」

まともに視線が合って、こんなに晴さんは可愛かったか、と本田は衝撃を受けた。

下がり眉と、目の間隔が少し開き気味なのは以前から気に入っていたが、こんなに可愛いとは思っていなかった。いや、可愛いとは思っていたが、ここまでではなかったはずだ。晴は何も変わっていないのに、でも可愛い。目がおかしくなったのかと疑ってしまうほど、可愛い。

本田は思わず天を仰《あお》いだ。なんだこれ……。

「本田さん？」

「あっ、いやごめん。ちょっと集中しててぼうっとした」

「お仕事忙しいんですね。じゃ、今日はこのまま帰りますので…」

「いやっ、いや、ちょっと待って！」

焦って引き留め、その勢いに晴がびっくりしたように振り返った。落ち着け、と自分を叱咤《しった》して、本田はにっこりして見せた。

「今日は本当に忙しくて、昼を食い損《そこ》ねたんだ。今ひと段落ついたから、よかったら一緒に何か食べない？　晴さんの好きなものデリバリーしよう」

え、と晴が目を見開いた。

「い、いいんですか？」

「うん、一緒に食べたほうが美味《おい》しいし、ちょっと息抜きしたい」

おもちに近所のデリバリーサービスを検索させて、白いお腹に表示されるメニューをあれこれ見てどれがいいかと相談した。

「晴さんはどうする？　腹減ってる？」

「普通に食べられます。じゃあデリバリーのお店は本田さんが決めてください。その中から選びます」

「そう？」

晴は万事《ばんじ》控えめだが、訊かれたことにははっきり返事をするし、必要以上の遠慮もしない。

そういうところも気に入っていた。

「代金の半分、今日の清掃代から引いてください」

結局サンドイッチ専門店のアソートセットを頼んでシェアすることにして、オーダーを済ませると、晴がモバイルフォンを出しながら言った。

「どうして。そんなことしたらアルバイトの意味ないだろ。一緒に食おうって誘ったのは俺なんだし」

「いえ、僕も本田さんと食べられるの嬉しいですから」

「だめだめ。晴さんだってこの前フルーツ持って来てくれたでしょ」

本田はさっさとマネーチャージを送った。

「ありがとうございます」

それにしても、と本田はちらっと晴を見た。

どうして急にこんなに可愛く見えるのだろう。晴は先週とさして変わったわけではない。以前から好ましく思ってはいた。でも睫毛《まつげ》や唇、耳の形までこんなふうに観察したりはしていなかった。

彼の裸を想像してしまい、衝動に翻弄《ほんろう》されたことを思い出して本田は心の中で晴に謝った。

サンドイッチのアソートセットはすぐに届いた。一口大の詰め合わせボックスで彩《いろど》りもよく、バラエティ豊かで、晴は箱を開けるなり「すごい」と嬉しそうに声を弾《はず》ませた。消化機能のレベルを上げて本当によかった、と本田は心から満足だった。

「これは海老《えび》とアボカドか。お、マスタードが利《き》いてるな」

「こっちの一列はデザートサンドですね。フルーツと生クリーム、あ、カスタードのもある」

「晴さんは甘いの好きなの？」

「そうですね、わりと。本田さんは？」

「俺も好きだよ」

晴に視線を合わせたままなにげなく答えたら、晴が急に固まった。みるみる耳が赤くなる。

「どうしたの？」

「す、すみません。なんでもないです」

晴はよく赤くなる。本田には理由がわからないささいなことでも赤くなる。すぐ赤くなっちゃって恥ずかしい、と頬のあたりを擦《こす》るのも、本田は微笑《ほほえ》ましくて好きだった。

「晴さんは――彼女いるの？」

口をついて出た質問に、本田は自分でぎょっとした。

晴ともっと親しくなりたくて、プライベートな質問をしてみようかと考えていた。

でも今、どうして今、この質問をしたのか――赤くなった晴の耳たぶを見て、口をついて出た理由は、はっきりしていた。

彼が好きだからだ。

晴がはっと息を呑んだ。

「いませんよ」

軽く答えようとしたのがわかった。晴はこわばった頰で笑顔をつくった。

「ほ、――本田さんは？」

声が上ずっていた。

瞳孔《どうこう》が開いていて、動揺している。

突然激しい動悸が起こり、本田は循環機能が壊れたのかと焦った。違う。感情による変化だ。ぎりぎりまで人に寄せて製造されたセクサロイドは、代謝《たいしゃ》も起こるし自律神経に似た神経作用も起こる。

動悸、発汗《はっかん》、震え、それから。

「いないよ」

「――かっ、彼氏、はいますよね」

晴が視線を上げた。目のふちが赤い。

「え……」

彼も同性愛者で、勇気を振り絞《しぼ》って訊いたのだと直感して、本田は思わず手を伸ばした。テーブルの上の晴の手に触れると、晴はびくっと反応した。

「晴さん」

声が掠《かす》れた。

「晴さん…」

初めて経験する感情の奔流《ほんりゅう》に、本田は圧倒されていた。

「鈴木さん、一昨日も一緒で、あ、あの人、が、本田さんの――」

「鈴木は本当にただの友達」

断ち切るように言って、本田は晴の手を握った。

「でも、俺の性対象は同性で、――」

晴が大きく目を見開いている。

好きだ、と言ってしまっていいのだろうか。

「本田さんが、は、初めてうちの店に来たとき」

躊躇《ためら》っていると、晴が口を開いた。声が上ずっているが、晴はかまわずに続けた。

「覚えてますか？　本田さんのあとにスキンヘッドの、すごく怖そうなお客さんが来て…」

「覚えてるよ」

相手の威圧感に怯《おび》えながらも踏ん張っていたのが印象に残っている。

「本田さんがフォローしてくれて、僕は、――あなたにどうしてももう一度会いたくて、配送の先輩が腰痛めてたから代わりますって自分から言って、そ、掃除のバイトも、本当は自分からお願いしようかって考えてたんです。絶対断られるだろうけど言ってみるだけ言ってみようって、だって、そうしないともう会えないから…後悔、しないように」

晴はすぐに赤くなる。頬も額《ひたい》も耳も真っ赤だ。それでも晴は逃げずに踏ん張る。いつもそうだ。今も、本田から目を逸《そ》らさない。

「本田さん、僕がお金ないって言ったの覚えてて、助けてくれたんですよね？　本田さんはいつも優しくて、――」

額にうっすらと汗をかいて、晴は一生懸命話している。

「僕は、かっこいい男の人にどきどきしてしまう性質《たち》で、だから、だから本田さんのことも…す、すきに、なってしまって…っ」

「俺、晴さんが好きだ」

ありったけの勇気を振り絞っている晴に、本田も逡巡《しゅんじゅん》を投げ捨てた。晴が大きく目を見開いた。

「晴さん」

テーブルを回って、晴の手首をつかんだ。晴を引き寄せて抱きしめると、喜びが身体中をかけめぐった。晴が夢中でしがみついてくる。

「本田さん」

額も頬も耳も真っ赤にしていて、めちゃめちゃに可愛い。

「どうしよう、晴さん」

本田は晴を抱きしめてうろたえた。

「晴さんが可愛くて、どうしていいのかわからない」

セックスは基本機能で、食事や睡眠以上の普通の行為だ。そこに特別な感情は必要ない。マスターに指示されたり、自分でそろそろしようかと意識したりで性欲が高まる。

情動が性欲を刺激するのはこんな感じなのか、と本田は初めての経験に戸惑っていた。抱きしめた晴の身体の感触、潤《うる》んだ瞳が強烈に誘いかけてくる。

顔を寄せると、ぎこちなく晴の唇にキスをした。こんなに緊張したのは初めてだ。それでも唇が触れ合うとどうしようもなく感動して、晴を強く抱きしめた。晴も真っ赤になっている。

「晴さん…」

もう一度、もう一度、とキスをして、三度めに舌を触れ合わせた。晴の心臓がものすごい速さで動いている。

口の中が熱い。舌の感触が生々しい。もっと他のところにもキスをしたい。晴の肌に触れたい。

「ベッドに…、行く?」

あんなにセックスしてきたのに、どういうふうに始めたらいいのかわからなくて、おっかなびっくり訊いた。晴はぎゅっと本田の胸のあたりで拳《こぶし》を握って、こくんとうなずいた。

「でもあの…、僕は、したことが、なくて」

「あっ、そう。う、うん」

もっとスマートにリードできるはずなのに、ぎくしゃくしながら晴を寝室のベッドに連れて行った。

「晴さん」

ベッドに並んで座って、もう一回キスから始めたが、考えてみれば本田が今までセックスしていた相手はいずれもセクサロイドで、さらに遡《さかのぼ》っても記憶にあるのはマスターの準備したセクサロイドか、人間のセックスワーカーだった。

淫らな行為を平気でこなし、スポーツのように快楽をやりとりする。テクニックにはそこそこ自信があるし、リードするのも得意だ。でも大事な人が身を固くして緊張しているのを目にすると、どうしていいのかぜんぜんわからなかった。手も足も出ない。そのくせ真っ赤になっている晴が可愛くて、欲しくてたまらなかった。

「晴さん…」

触れたいという衝動のまま晴の髪を指先で撫でた。素直な黒髪が心地いい。晴が思い切ったように身を寄せてきた。嬉しくてぎゅっと抱きしめると、晴の腕も背中に回ってくる。晴のちょっと離れた目と目、下がり眉が好きだ。本田は晴のまぶたに口づけた。こめかみ、額、鼻の先、それから唇。

晴はただされるままになっていたが、本田が舌先で唇の間を舐《な》めると、おずおずと舌を迎えた。

「――」

今までキスなど、何とも思っていなかった。セックスを盛り上げるために互いの舌技《ぜつぎ》を披露《ひろう》し合う、くらいの感覚で、それなのに晴と口づけを交わすのには震えるほど感動した。晴が応《こた》えてくれている。

「――ふ……っ」

夢中でキスをしていて、晴が細い息を洩らした。たったそれだけで欲望が刺激される。

「晴さん」

目が合って、本田はたまらず晴を抱きしめた。熱い。晴の首筋も腕の内側も汗ばんでいる。晴に触りたくて、服の中に手を入れた。手のひらで晴の肌を感じとり、もう一度口づける。

晴は初めての経験にいっぱいいっぱいで、ただされるままになっている。

そして本田は晴の反応に振り回されっぱなしだった。

晴は恥ずかしがり、真っ赤になり、それでも本田のすることを拒《こば》まない。人が裸を見せるのは特別なことなのだと晴の反応で理解した。

「晴さん」

ほどよく筋肉のついた晴の身体に、本田は夢中になった。筋肉のつきかたも肌の張りも、晴そのものだ。

「あ……っ」

緊張しきっているのに、触れると敏感に反応する。

「本田さん」

熱に浮かされたように、晴の唇が「好き」と動く。

好き。

たったそれだけの言葉がどうしようもなく嬉しい。愛情と欲望が同時に溢れ、本田は晴を抱きしめた。密着した素肌が汗ばみ、勃起した性器が欲望を伝え合った。

「――……っ、は、……あ、あ…」

晴の呼吸が甘く震え、興奮が募《つの》る。

性愛《せいあい》の意味が初めてわかった。

晴が全部を見せてくれる。服を脱がせてしまうと、自分も脱いだ。

肌と肌が密着して、好きな人と肌を合わせるのはこんなにも気持ちがいいのかと驚いた。勃起した性器が擦れ合い、晴が泣くような声を洩らした。

「あ、ぅ…」

びくっと震えて晴が射精した。

「あっ…」

腰から下腹に精液がかかった。晴が竦《すく》んでいる。

「ご、めんなさ…」

「なんで謝るの？」

「だ、って」

快感を味わう余裕すらない晴に、本田はようやく少し落ち着いて「大丈夫だよ」と囁いた。

「なにも考えないで、俺に任せて」

晴が涙のにじんだ瞳で本田を見つめた。任せて、と言ったけれど、本当は本田にもそんな余裕はなかった。晴の初々《ういうい》しい反応にいちいち動揺する。

「──あ……」

晴の手をとって、指先に口づけた。

「──晴さん」

晴の睫毛が涙で濡れている。本田は舌で睫毛を舐めた。涙の味がする。頬、唇、こめかみ、と口づけているうちに興奮が高まった。首筋から鎖骨《さこつ》、そして小さな乳首。舌先で転がし、軽く吸うと、晴の性器が反応した。本田の肩に縋《すが》っていた手に力がこもる。

「あ──あ、アぅ……」

色めいた声にそそられ、小さな粒を交互に可愛がった。

「あ、ああ……っ」

二度目の絶頂の寸前で止めると、晴ははあはあ息をしながらぐったりと弛緩《しかん》した。

「ん……」

本田は興奮のまま晴の身体を隅々まで確かめた。恥ずかしがっていたのは最初だけで、臨界《りんかい》地《ち》を越えてしまったように晴はひたすらされるままになっている。

「ん、――あ、あ……っ、だ、さん…本田さん…」

名前を呼んでくれるのが嬉しい。キスに応えてくれるのが嬉しい。恥ずかしいのを我慢してぜんぶを見せてくれるのが嬉しい。

一つに溶けあいたい。

「晴さん。いい…？」

初めての経験に圧倒《あっとう》されていても、晴は本田の意図を悟《さと》ってうなずいた。

できるだけ負担をかけないように、時間をかけて準備をしたが、それでも痛いはずだ。

「晴さん、息して。ゆっくりするから」

快感より、晴に受け入れてほしかった。晴はぎゅっと目を閉じて、浅い呼吸を繰り返している。可愛くて、愛《いと》おしくて、胸が詰まった。

「ごめんな」

固く閉じているところに無理に押し入るのは本田自身も苦痛だ。でもどうしても受け入れてほしかった。

「――」

晴の手が本田の手を探し、指を絡《から》めてきた。侵入を許される感覚があって、ぐっと身体を進めた。きついところを押し開くと、晴が息を洩らした。

「ん、うぅ……」

「晴さん——」

熱く締め付けてくる感触に、本田は息を呑んだ。

「…ほ、んだ、さん」

晴が手を伸ばして本田の頬に触れた。

「なか、はいってる」

「うん」

性愛を初めて知った。

愛情と快感が結びつき、好きな人が自分を受け入れてくれる。

「本田さん……」

晴の睫毛が涙で濡れている。本田は溢れてくる感動のまま、晴に口づけた。晴が舌に応えてくれる。たどたどしい舌の動きが、どうしてこんなに嬉しいのだろう。

「痛くない？」

唇を離して至近距離で見つめ合い、本田はそっと訊いた。締め付けてくる感触に、刺激を求めて勝手に身体が動きだしてしまいそうだ。

「――あなただから」

「ん?」

「本田さんだから、嬉しい」

晴の睫毛が繊細《せんさい》に動いた。優しい瞳が一心《いっしん》に本田を見つめている。

「俺もだよ」

本田はたまらなくなって晴の額や頬に口づけた。

セックスは、設定さえ合えば誰とでも気軽にできる定期的な活動に過ぎなかった。あるいはマスターに指示されて行うただの仕事。でも今、セックスは愛の行為だと知ってしまった。

「俺もこんなのは初めてだ」

好きな人と求めあい、愛を交わしている。

「ゆっくりするから…」

晴の身体の、感じるところ。

「あ……っ」

探し当てるのは難しくない。晴がびっくりしたように本田の肩にすがってきた。

「晴さん、強くしないから。ゆっくり、そっとするからね。ここ、気持ちいいだろ…?」

「う、――あ……っ」

「気持ちいい?」

「ん、い……」

晴がもどかしく感じるくらいまでゆっくりと擦ると、晴の呼吸がどんどん湿り気を帯《お》びてきた。頬も耳も赤くなり、睫毛が濡れている。慎重に反応を見ながら、本田は晴の手を握った。晴が指を絡めてくる。

「あ、……っ、本田さん――」

快感の種が晴の中で育っていく。見ていると興奮が募《つの》った。汗ばんで肌が艶《つや》めき、濡れた舌が唇からのぞく。

「――」

泣くような声を洩らして、晴が自分で腰を揺すった。

「ああ、あ、……っ」

我慢しきれず、本田も応えた。一緒に高まっていく感覚に我を忘れる。

「晴さん」

名前を呼びあい、キスを繰り返し、ただひたすら求めあった。腕の中で晴が快感に震えている。

「本田さん――すき…」

最高に可愛くて、最高に幸せだった。

6

何回も何回もキスをして、晴《はる》はそのうち寝入ってしまった。

本田《ほんだ》は細心の注意を払って後始末をして、また晴の隣に戻った。疲れ切ってぐっすり眠っている晴に、本田は喜びと同じくらいの不安を覚えていた。

初めての経験だったからというのもあるのだろうが、晴は本田がセクサロイドだとはまったく気づかなかった。でも、いつ気づかれてもおかしくない。

知ったら、晴はきっとショックを受けて傷つくだろう。

どこかで引き返せなかったのかと遡《さかのぼ》って考えてみても、晴に惹《ひ》かれる気持ちが強く、どうにもならなかったという思いしか出てこなかった。

「……さ、ほんださ…」

晴の小さな声がして、起きたのか、と慌てたが、晴は心底嬉しそうに本田の名前を呼んで、またすうっと寝入ってしまった。寝言だったのか、と本田は新鮮に驚いた。

何度も記憶を消去されてきて、本田には人と過ごした記憶がほとんど残っていない。最後のマスターは高齢で、もっぱら他のセクサロイドと絡《から》ませてそれを観賞するのが趣味だった。本田の人格など顧《かえり》みることもせず、使用が終われば身体機能を低下させて放置される。自立してからも、人と接触するのは連帯組織に認められたメンテナンス技術者くらいだった。

人は眠る。不思議だ。そして寝顔というのはこんなにも愛《いと》おしいものなのか。

晴の裸の肩に毛布をかけてやると強い感情が胸に溢れてきて、どうしたらいいのかわからなくなった。

「晴さん…」

突然焦燥《しょうそう》にかられ、本田は寝室を見回した。

太陽光が足りないときに使うバッテリーがドアの横に置いてある。どきりとして、ベッドから下りて急いでクロゼットに入れた。緊急連絡用のモバイル、メンテナンス前に呑《の》み込んで使うキューブ、見ただけで用途などわからないだろうし不審にも思わないだろうが、出しっぱなしにしていた専用機器をぜんぶ回収し、それぞれ晴の目につかないところに片づけた。

肩越しに見ると、ベッドで晴はよく眠っている。本田はぎゅっと拳《こぶし》を握った。音をたてないように寝室から出ると、おもちがすーっと近寄ってくる。

〈おはようございます〉

おしょくじは、おせんたくは、と次々にルーチンの質問をしてくるおもちに答えながら、晴が変だと感じることがないか、あとでおもちが学習してしまった会話を洗い出して確認しよう、と頭の中でメモをとる。そうしながら、一方で本田は激しく葛藤《かっとう》していた。

晴を騙《だま》したままで許されるのか。

打ち明けることは絶対にできない。セクサロイドだと知ったらパニックに陥《おちい》るだろうし、通報の義務という負担を負わせてしまう。

晴のことを本当に思うなら、身を引くべきだ。なにか適当な口実をつくり、やはり交際はできないと告げてもう会わないのが一番いい。

ソファに崩れるように座り、本田は両手で顔を覆《おお》った。

「いやだ」

晴の悲しい顔は見たくない。それ以上に自分が嫌だ。絶対に嫌だ。

たとえ間違っていても、嫌だ。

本田は決心して、玄関前の姿見《すがたみ》の前に立った。

三十代前半、アジア系男性。

黒眼、黒髪、長身でやや筋肉質。

目の覚めるような美貌《びぼう》を与えられた鈴木《すずき》とは違い、生身の人間をモデルに制作された本田はごくありふれた男前だ。

初めての経験だったとはいえ、抱き合っても晴はまったく気づかなかった。それなら隠し通すことも不可能ではない。

「晴さんに、他に好きな人ができるまで」

それも欺瞞《ぎまん》だとわかっていたが、本田は口に出して自分を納得させた。

今すぐ晴を諦めることはできない。どうしても、できない。

寝室に戻って、しばらく寝顔を眺めてから、本田はそっと晴の頬に口づけた。

「晴さん」

「――本田さん……？」

覚醒する前の感覚は本田にはよくわからないが、一時的に記憶が錯綜《さくそう》するらしいことは映画やドラマを見ていて知っている。晴はきょとんとしてから、盛大にうろたえ、真っ赤になった。

「あっ、あっ、あのっ」

「ごめんな、起こして。泊まってってくれても俺はいいんだけど、っていうか、そのほうが嬉しいんだけど、晴さんは大丈夫なのかと思って」

「い、今何時ですか」

「七時過ぎ。腹は？　減ってる？」

食べかけていたサンドイッチのアソートボックスはおもちがダッシュボードに放り込んで片づけてくれていた。

「俺、このところ忙しくて買い物行けてなかったから冷蔵庫空《から》っぽなんだ」

本当は消化機能レベルを最低にしていたせいだが、本田は気合を入れて嘘をついた。

「身体は、大丈夫？」

ベッドから起き上がった晴にそっと訊くと、晴は恥ずかしそうにうなずいた。髪がくしゃくしゃになっていて、どうしようもなく可愛い。本田は軽く口づけ、次に唇を舐《な》めた。晴はされるままになっている。小さな舌を求めると、おずおずと応《こた》えてくれて、また欲望が湧き上がってくる。愛おしさが欲望を刺激することに、ようやく少し慣れた。晴を押し倒したくなったが、だめだ、と自分を抑《おさ》えた。

「晴さん、明日は仕事だよね？　家まで送ってってもいい？　それで、途中でなにか食べよう」

「え、でも本田さん忙しいのに」

キスで他愛《たわい》もなくとろけた晴に、渾身《こんしん》の努力で我慢した。

「仕事はひと段落してるから大丈夫。晴さんの家ってここから一時間くらいって言ってたね」

「はい。あの、でも一人で帰れます」

「俺が、晴さんとちょっとでも長く一緒にいたいんだ」

「えっ」

「晴さんは？」

「そっ、それは、…」

「『僕も』？」

気持ちをほぐすように明るく言うと、晴の下がり眉がさらに下がって、薄暗い寝室でも晴が真っ赤になっているのがわかった。

「僕も」

晴が思い切ったように言った。

「僕も、…本田さんと、い、いたいです」

晴がぎこちなく顔を寄せてきた。

初めて晴のほうからキスをしてくれた。彼の動悸が直接伝わってくる。

不器用な口づけが、胸が痛くなるほど可愛かった。

——絶対嘘をつき通す。

本田は決意した。

晴さんに他に好きな人ができるまで、絶対絶対、隠し通す。


「おい、なに無視してんだよ、おもち」

いらっしゃいませ、と玄関に出て行ったおもちがすーっと戻ってきて、その後ろから鈴木が文句を言いながら入ってきた。

「無礼な客は無視していいって指示してるんだ」

「なんだよその指示。それに俺はなんも言ってねえぞ」

「態度が無礼だったんだろ。そうやってすぐおもちをつつくのやめろ」

もう冬がそこまで来ていて、鈴木はオーバーサイズのパーカーに厚手のワークパンツを穿《は》いていた。相変わらず目立たないことを第一に、野暮《やぼ》ったい眼鏡をかけ、さらにニット帽を目深《まぶか》にかぶっている。

「おまえの晴さんがイイコすぎるからおもちの無礼の基準がおかしくなるんだ」

「晴さんのせいにするんじゃない。晴さんがいい子なのはそのとおりだけど」

晴さん、と名前を呼ぶと自動的に笑顔になって、鈴木が肩をすくめた。

晴と恋人同士になって、ひとつ季節が進んでいた。

晴さんと寝た、おまえの言う通りだった、と鈴木に報告するのはかなりの勇気が必要だった。惚れてるんじゃねえの、と焚《た》きつけてきたのは鈴木だが、いざ本当に一般人と恋愛関係になったと知れば驚いて阻止《そし》しようとするかもしれない。セクサロイドの共通の価値観は「当人の意思をなにより尊重《そんちょう》する」だが、一般人と恋愛をするというのはあまりにも想定外の出来事だ。他のセクサロイドに相談したり、止《や》めとけよ、と説得してくるくらいは想定していた。

でも実際は逆だった。

「マぁジか!」

まるで万年最下位の贔屓《ひいき》のスポーツチームが優勝したようにうおーと興奮して、根掘り葉掘り聞いたあげく、しばらく腕組みをしてなにごとか考え「なんとかなんだろ」と雑な結論を出した。

「だいたい、まだ俺たちが恋愛感情だと思ってるのも、本当にそうかわからねえしな。外野にぎゃーぎゃー言われないようにしばらく黙っとけ。俺も協力する」

そのときは確かに今のこの感情が本物なのかわからないな、と思ったが、晴に対する気持ちはそれからも募《つの》る一方だった。まだいろいろ手探りだが、晴のことを知れば知るほど好きになっている。今では疑いようもなく自分は晴に恋をしているし、晴も自分に同じ気持ちを持ってくれている、と断言できた。

「よう、粗茶《そちゃ》出せよおもち」

「そういうこと言うから嫌われるんだ。それより、見てくれ」

本田は買ったばかりのニットに、細身のコットンパンツを穿いていた。髪は悩んだ末にもっとも普通の長さに揃え、前は横に流すスタイルにした。

「これでいいと思うか？　不自然なとことかない？」

「いや、いいんじゃね？　清潔感があって誠実そうで、ぎり二度見はされねえ程度の男前だし」

「本当に変なところないな？」

「しゃべりすぎないように気をつけてりゃ大丈夫だろ」

「よし」

鈴木は雑な性格だが、本田より十年近く早く自立していることもあり、世間知の面では信用していた。

「でもそんな気を遣わなくても、別に晴さんを嫁にくださいとかって頼みに行くわけでもねーんだろ？」

おもちに無視されて、鈴木は自分で勝手に冷蔵庫からドリンクを出した。

「違う違う。そもそも晴さんは一人で行くって言ってたし。無理やりついて行くんだから挨拶《あいさつ》させてもらえるかどうかもわからないんだけど、いい印象を持ってもらって悪いことはないだろ？」

今日は、晴の実家に行く。

と言っても向こうにいるのは兄だけだ。

兄さんに実家の片づけに来いって言われたから、とデートの約束を取り消されそうになって、それなら手伝うよ、と強引に約束をとりつけた。

実家の片づけ、というのがどういうことなのか、詳しいことは訊いていない。晴がどことなく浮かない様子だったので、なんとなくの察しはついた。

家族との縁が薄そうだと感じていたが、やはり晴は早くに母親を病気で亡くしていた。年の離れた兄は進学で家を出ていたので、しばらく父と二人暮らしをしていたらしいが、その父親も晴が高校二年の冬に事故で亡くなったのだと聞いた。

自分も出自《しゅつじ》を話せないので根掘り葉掘り訊くようなことはしなかったが、ぽつぽつ話してくれた晴の家庭の事情は、世間に疎《うと》い本田にも厳しいな、と感じるものだった。

本田自身は「養護施設出身」だと偽《いつわ》っている。人と関わりを持たないように暮らしていても、どうしても接点ができてしまうことはあるし、話の流れで家族のことを訊かれることもある。その場合「施設出身」だと偽るのがセクサロイド一般の処世術だった。

「晴さんの兄ちゃん、医者だっつったか」

ソファに座って、鈴木がドリンクの缶を開けた。

「そうなんだよ。最新医療の勉強しに留学してたんだって」

「やべぇよな」

鈴木がぼそっと言った。

医者はセクサロイドにとって天敵のようなものだ。「変だ」と勘付かれたら一発アウトだし、一番勘付かれそうな存在でもある。

「まあいきなり診察しましょう、って言われない限り大丈夫だろ。それもおまえはスペシャルAの擬態《ぎたい》だから脈とられるくらいはぜんぜん平気だもんな」

本田を制作した初代マスターは凝り性《こしょう》だったらしく、血管の浮き具合から汗の滲《にじ》みかたままったく自然で、金丸《かなまる》にも「ここまで念入りに作られてると感動しちゃうよね」とメンテのたびに言われる。

「そういえば、もう金丸に話したのか？」

「次のメンテのときに報告しようかなって思ってる。相手が鈴木っていうのが微妙だけど」

晴のことを白状するのはいくらなんでも危険すぎると意見一致して、鈴木に一方的に惚れてしまった、ということにした。本田としては微妙だが、鈴木はすでに高橋《たかはし》に対して恋愛感情を持っていたと報告してブレーンセンターで検査も受けている。自分たちの変化を隠さずに報告するのは、連帯組織に対する最低限の貢献《こうけん》だ。

「いろいろ食いついてきそうで面倒だけど、金丸みたいな研究者のおかげで助かってるんだからやつの好奇心にも協力はしないとな。結局は自分たちのためでもあるし」

「まーなぁ」

連帯組織がここまでしっかり運営できているのは、理解ある人間の協力あってこそだ。ただ、信用できるかどうかの見極めは難しい。金丸のような存在は貴重だった。ロボットおたくめと思うこともあるが、そのおかげでさまざまな恩恵《おんけい》を受けているのは事実だ。

「そういや最近、なんかわけのわかんねえ人権団体がセクサロイドの権利がどうのって運動してんの、知ってるか?」

「アメリカの話だろ?」

「あと北欧。動画配信でセクサロイドがいろいろ訴えてるの俺も見た」

「賭《か》けだよな」

鈴木が黙り込んだ。何を考えているのかは本田にもわかる。だが日本では人工知能搭載型ロボットは所有者の私物で、権利放棄されたものは政府管理だ。権利を主張するために自分はセクサロイドだと名乗り出た瞬間、自由を奪われ強制的にスリープさせられる。高橋が望んでいる世界は今のところ実現可能には思えなかった。

「それより人権団体を騙《かた》って接触してくるやつらが増えてるらしいから、そっちも気をつけねーとだ」

セクサロイドを欲しがる金持ちが世界規模で増えていて、特にアジア系が高騰《こうとう》しているらしい、という話は本田も耳にしていた。擬態して社会に紛《まぎ》れているセクサロイドを地下売買組織に売れば、テロ組織や反社会勢力などの資金源になる。

「おまえなんか特によくできてるからな、リストに載ったら最後だぞ」

一般人との接触を最小限にしなくてはならない理由は、そちらにもあった。

「鈴木もな」

なんといっても「初雪」という外見だ。顔を見合わせて、同時にため息をついた。

「でもよー、俺たちだって恋愛する自由はあるよな？　おまえが晴さんとつき合うのは自由だ」

鈴木が妙に肩入れしてくるのは、もちろん高橋とのことがあったからだ。本来、一般人と恋愛関係になるなどあり得ないことだ。他のセクサロイドに知られたら、危ないことはやめろと強硬に反対されるだろう。

「じゃあ、そろそろ行くか」

おもちに留守を頼んで家を出ると、鈴木とはそこで別れた。

晴は今、自転車で職場に通える距離のワンルームに住んでいる。二度ほど遊びに行ったが、なにかと不便なのでもっぱら会うのは本田の家で、たまに外でもデートする。もちろんあまり人の多いところは避《さ》けるが、晴と二人でなら公園を散歩するだけでも楽しかった。

「晴さん」

待ち合わせをしていたホームで、晴はベンチに座って本を読んでいた。晴の実家の最寄りで、各駅停車の電車しか停まらないこぢんまりとした駅だ。

初冬《しょとう》の明るい午後の日差しが、柔らかく晴を包んでいる。近づいてくる本田に気づくと、晴はぱっと笑顔になって、斜め掛けにしていたバッグに本をしまって立ち上がった。長そでのプルオーバーにジーンズで、足元はいつものスニーカーを履《は》いている。私服の晴はまだ高校生で充分通りそうだ。

※

「ごめんな、待った？」

いつもの目立たないことだけを徹底追求した格好から、今日は少しだけ清潔感や誠実さを打ち出している。晴が目を見開き、うっすらと赤くなった。

「いえ、僕が勝手に早く来てただけです」

「俺に早く会いたくて？」

本田の軽口に、晴は照れ笑いをしてうなずいた。あーやっぱり可愛い…、ととろけながら、本田は晴がいつになく緊張していることを感じとっていた。早く会いたいと思ってくれているのも本当だろうが、時間より早く来たのはそれだけが理由ではなさそうだ。

「片づけしてさ、持って帰る荷物とかある？　俺運ぶの手伝うし、なんなら帰りは車呼んでもいいよ」

「いいえ、引っ越しするときに自分の荷物は片づけたので、持って帰るものとかはもうないんです」

「そっか」

事情がよく見えないが、ついていくことを拒《こば》まれなかったのだからそこまで深刻に考えなくてもいいだろうし、行ってみればわかることだ。

「じゃあ帰りはどこか行こうよ。晴さん行きたいところない？」

「本田さんは？」

「俺は晴さんといるだけで楽しいからどこでもいいな」

「えっ、…」

思ったとおりのことを言うと、晴は真っ赤になって口ごもった。

「『僕も』？」

にこにこして誘導すると、晴は赤くなったままこくんとうなずいた。

「僕も、です」

恥ずかしそうな小さな声に、そばには誰もいなかったが、素早く周囲を見渡して晴の手を握った。冬ならコートのポケットに手を入れてこっそり手を繋《つな》ぐこともできるが、さすがにまだ無理だ。晴が手を握り返してくれて、本田は深い満足に包まれた。

駅からごく庶民的な住宅街を少し行くと、晴が「そこです」と歩調を緩《ゆる》めた。古い戸建《こだ》て住宅は、緑のフェンスから雑草がはみ出している。錆《さ》びた門扉《もんぴ》の前に軽トラックが横づけされていた。

家が見えてきたあたりで、晴が固くなるのがわかった。

「ちょっと待っててください」

晴が中に入っていき、手持無沙汰《ぶさた》になった本田はトラックの荷台を覗いた。使い込まれた洗濯機や冷蔵庫などの家電、古ぼけたソファなどが積み込まれている。緩衝材《かんしょうざい》などが一切ないので、引っ越しではなく明らかに引き取りだ。しばらくして男が二人家から出てきた。業者らしく、佇《たたず》んでいる本田に会釈《えしゃく》すると、トラックに乗り込んだ。

トラックが大通りのほうに消えると、いよいよ手持無沙汰になった。

「本田さん」

門扉の外から中を窺うと、晴が出てきた。

「すみません。中で待っててもらえますか?」

埃《ほこり》っぽい玄関にはローファーが一足あった。下駄箱の上にも、廊下にも、置かれていたものを撤去《てっきょ》した跡があり、家の中はがらんとしていた。二階への階段横の和室で、男が一人簡易テーブルで書類を見ていた。

この人が晴の兄なのか、と観察していると男がこっちを向いた。針金のように痩《や》せていて、細いシルバーフレームの眼鏡のせいもあって、いかにも神経質そうだ。晴とはまったく似ていない。兄弟や親子の容貌《ようぼう》が自然に似る、ということにロマンを感じていたので、本田はひそかにがっかりした。

「そちらは？」

晴の兄が不審げに眉を寄せた。

「あの…、本田さん、です」

「初めまして。西間木《にしまぎ》君の職場で親しくさせてもらっています、本田と申します」

晴の職場で知り合ったことには間違いない。横で晴が戸惑っているが、まったくの嘘ではないだろ、と本田は開き直ってにこやかに挨拶《あいさつ》をした。同僚というには年齢が離れているが、先輩社員とでもなんとでも勝手に解釈するだろう。

「どうも」

晴がお世話になります、くらいの言葉があってもいいのじゃないかと思ったが、不愛想に言って、めんどうくさそうに立ち上がった。

「西間木です」

ズボンのポケットから名刺入れを出し、一枚差し出してきた。

「すみません、今日は名刺を持ち合わせていなくて」

言い訳をしながら、頂戴《ちょうだい》します、と差し出された名刺を受け取った。ものものしい大学病院の名称と医学博士という肩書に、西間木雄大《ゆうだい》と名前が刷り込まれている。晴の兄は「じゃあ」と晴を促《うなが》して、簡易テーブルを挟んで座った。

「こことここ、判押してくれる？　署名と今日の日付も」

「はい」

「振込ができたら連絡するので確認してください。他になにか質問があれば」

「いえ。あの、いろいろありがとうございました」

「こちらこそ、なかなか日本に戻れなくて、結果的にこんなに遅くなってしまった。申し訳なかった」

ずいぶん他人行儀な会話だ。晴は正座をしていて、膝に置いていた両手をぎゅっと握った。

「あの、…また連絡をしてもいいでしょうか」

晴が思い切ったように言った。書類を確認していた晴の兄が顔を上げた。

「もちろん、用事があればいつでも」

まったくの無表情に、晴の頬が固くなった。兄の返事は、逆に言えば用事がない限り連絡などしてくるな、ということだ。

「じゃあ、これ」

書類を確認し終わって、晴の兄は二枚の茶封筒にそれぞれ書類を入れ、一通を晴の前に置いた。

「お疲れさま。あとは鍵を不動産屋さんに返すから、忘れ物ないかもう一度確認しておいてくれますか？」

「はい。あの、大丈夫です」

晴は書類を手に立ち上がると、兄に向かって頭を下げた。

「お世話になりました」


駅までの道を引き返しながら、晴はしきりに「ごめんなさい」を連発した。

「こんなんだったら終わってから待ち合わせにしたらよかった。それかどこかカフェで待っててもらってもよかったのに、本当にごめんなさい」

「晴さんだってわからなかったんだから仕方ないよ。それに俺が無理についてくって言ったんだから」

「僕が聞いておけばよかったんです。ごめんなさい」

晴がなににショックを受けているのかもよくわからず、本田はどう慰《なぐさ》めればいいのか途方《とほう》に暮れた。すっかり日が短くなっていて、まだ四時を過ぎたところなのに、道路に落ちる影が長く伸びている。

「晴さん」

駅までもう少し、というところで小さな喫茶店の前を通りかかった。住宅街の中にぽつんとポットの絵のついた看板が出ている。

「ここ、入ってみない？」

人の多いカフェよりも古い昔ながらの喫茶店のほうが今の晴にはいいような気がした。

「大丈夫？」

中は予想通りの古めかしさで、常連客らしい年配の男女が店主とカウンターで話し込んでいた。一番奥のボックスシートに向かい合って座ると、晴はほっとした様子でうなずいた。

「実家、引き払うんだね」

「はい。本当は僕が高校を卒業したらすぐ退去《たいきょ》するってことになってたんですけど、お兄さんが仕事忙しくてなかなか荷物を処分できなくて、…お墓のこととかもいろいろあったから。でもあの家があるのは心強かったんです」

「それは？」

晴の手元の茶封筒が気になっていた。

「法律上のいろんな…届け出とか、そういうのの控えです。行政書士の人にいろいろ頼んでくれたみたいで、そういうこともお兄さんにぜんぶ任せてしまって、僕は自分の荷物と母さんの位牌《いはい》だけ持って出たんです。残ったものの処分とか、お父さんの事故の後処理とかもお兄さんが弁護士さん頼んでくれて、僕はよくわからなくて…」

「お兄さんとはあんまり会ってなかったの?」

晴はしばらく黙り込んでいたが、妙に幼い仕草でこくんとうなずいた。

「お兄さん留学してて…、僕は、お兄さんとは血がつながってないんです」

「え?」

「両親が再婚同士…っていうか、僕の母は未婚で僕を産んでるから初婚《しょこん》なんですけど、僕は母の連れ子なんです。それでお兄さんは両親が結婚してすぐ進学で家を出たので、一緒に暮らしてたのは…一年くらいかな」

家族というものにまったく縁のない本田は、一瞬どういうことなのか理解ができなくて混乱した。

「お母さんは、病気で亡くなったんだっけ」

「結婚したのが僕が小学校二年のときで、六年のときに亡くなりました。そのあとはお父さんと暮らしてたんですけど、お兄さんは結局ずっと家には帰ってこなくて、――お兄さんからしてみれば、父親が連れ子のいる女性と結婚して、居場所がなくなっちゃったんじゃないのかなって思います」

コーヒーがふたつ運ばれてきて、晴はまた少し黙り込んだ。本田は晴が話し出すまで待った。

「僕のお母さんは看護師で、義父《ちち》はタクシーの運転手だったんです」

晴はコーヒーカップを手で包むようにして、ぽつぽつと話した。

晴の母親は、未婚で産んだ息子を抱えて苦労していたときに、夜勤明けに乗るタクシーの運転手と親しくなった。彼も離婚後ひとりで優秀な息子をなんとか希望通りの進路に進ませてやりたいと頑張っていて、子どもを幸せにしたいという気持ちで二人は結びつき、結婚した。

「お母さんがいなくなっちゃったあともお父さんはずっと僕によくしてくれてて、綾子《あやこ》さんと約束したし、ずっと仲良くしようねって。でもお兄さんは離れたままで」

晴の声が震えた。

「僕がお兄さんからお父さんをとっちゃったんだと思います」

「それは晴さんのせいじゃないよ」

晴はうつむいたまま首を振り、手の甲で目のあたりを拭《ぬぐ》った。

「すみません。自分だけ辛《つら》いみたいなこと言っちゃって、恥ずかしい」

「そんなことないよ」

「本田さんだっていろいろあったはずなのに」

一瞬セクサロイドだとばれたのかとぎょっとして、ああ施設出身ってことになってるんだった、と思い出した。

「ああ、まあ、うん」

「本田さんは、その——ご家族は…、お元気なんですか？」

施設育ちでも、事情はさまざまだ。気になってはいたのだろうが、晴は一度も身寄りについて質問しようとしなかった。

「元気っていうか、いないんだ。俺は天涯孤独《てんがいこどく》」

晴が息を呑んだ。

嘘をつき通すと決心したときに、罪悪感も捨てると決めた。後ろめたいと思うようなら初めから嘘をつかなければいい。晴を手放したくないから嘘をつく。言い訳はなしだ。

「そうなんですか」

晴の下がり眉がさらに下がった。

「でも鈴木とか仲間がいるし、今はなんといっても晴さんがいるからね」

本田は心をこめて晴に微笑《ほほえ》みかけた。

嘘をつく代わりに、晴さんを少しでも幸せにする。そのために自分にできることはなんでもするつもりだ。

「本当に大丈夫？」

晴はうなずき、笑いながらまた指先で目のあたりを擦《こす》った。

「僕は、お兄さんにいっぱい迷惑かけちゃってるのに、もしかしたら、こ、これから、一緒にお墓参りとかそういう…、家族、みたいなことできるかなって期待してたんだと思います」

晴がショックを受けている理由が、本田にもようやくおぼろげにわかった。

「甘えてて、本当に恥ずかしい」

「そんなことないよ」

本田はテーブルの上で晴の手を握った。

「それより晴さん、なにか美味《おい》しいもの食べに行こうよ」

気持ちを引き立てるように明るく言うと、うつむいていた晴が顔を上げた。目のふちが赤い。

「なにがいい？」

「なんでも。…本田さん」

晴が真っ赤な目で笑った。

「僕も、本田さんがいてくれてよかったです」

ぽろっと落ちた綺麗な涙が、本田の心の中まで沁《し》みた。

7

晴《はる》の兄はドライだったが、狡《ずる》い人間ではなかったようだ。

「清算金、ってこんなに振り込んでくれたんです」

そうしようと思えば晴を言いくるめることなど簡単だっただろうが、両親の遺《のこ》したものから必要経費を抜いて綺麗に等分した金を、晴の口座に振り込んでいた。行政書士の名前で計算書のようなものも送ってきていたので、これでもう赤の他人、というつもりなのかもしれないが、家賃の心配までしていた晴にとってまとまった金はなによりの誠意だ。

「よかったね」

「はい」

そのとき二人は本田《ほんだ》の家のキッチンで、並んで料理をしているところだった。すっかり夜は冷え込むようになり、少しいい材料で鍋をしようと準備していた。晴さんは掃除をしてくれるから、といろいろな支払いは本田がしていたが、その日は珍しく「今日は半分出させてください」と食い下がった。

「晴さんは貯金しないと」

いつものようにそういなすと、晴は「実は」と兄からの振り込み額を本田に見せた。父親の事故の賠償金《ばいしょうきん》がかなりあったようだ。

「お父さんのお金は貰《もら》えないって言ったんですけど、それ言うならお母さんに学資援助してもらってたぶんを返さないといけないって言われて」

「貰えるものは貰っとけばいいんだよ。だいたい晴さんは無欲すぎです。晴さんの魅力にめろめろになってる男にももっと甘えていいんだよ？」

めろめろ、という言い方がおかしかったらしく晴が笑った。本田の好きな少し離れた目が細くなって、ものすごく可愛い。

「そのお金は晴さんに遺してくれたものなんだから、大事にしないと。鍋の材料くらいは俺が出すからさ、晴さんは『美味《おい》しい、本田さん大好き～』って喜んでくれたらいいんだよ。さー食べよ？」

「はい」

今日は洋風魚介《ぎょかい》鍋だ。キッチンテーブルにぐつぐついっている鉄鍋《てつなべ》を運び、チーズとフレッシュなフルーツサラダも並べる。

「晴さん、もう少ししたらお酒飲めるね。晴さんと飲むの、楽しみだなあ」

高二の冬に父親を事故で亡くした影響で、晴は一年留年していた。二月で二十歳《はたち》になる。プレゼントは何がいいかな、と本田は今からうきうき考えていた。

「晴さん、お酒強いかな？」

「わからないですけど、絶対本田さんほどじゃないですよ。本田さんみたいに強い人、僕見たことないです。本当に水みたいに飲んで、顔色ひとつ変わらないですもんね」

ワインをグラスに注《つ》いでいた本田は、どきりとしてもう少しでクロスに染《し》みをつくるところだった。

「水みたいって、そんなことないよ」

アルコールは好きだ。

セクサロイドの特性上、五感は人と同じように作られている。アルコールは食事を引き立て、美味しいものをよりいっそう美味しくしてくれる。ただ、酔うことはない。

少し前、晴に爪切りを貸してほしい、と言われたときも慌てた。爪切り、体温計、絆創膏《ばんそうこう》、ちょっとした飲み薬や塗《ぬ》り薬、そうしたものもない。救いは、晴が疑うことをしない性格だということ、そしてヒューマノイドが世間では完全に過去のものになっていることだ。セクサロイドにいたっては、晴は存在さえ知らないかもしれない。

知ったら、晴はどんな反応をするだろう。

好きになればなるほど、秘密が重くなっていく。

もし打ち明けたら……。

「晴さん、今日は泊まっていけば？」

食事の後片づけはおもちにディッシャーを駆使《くし》させて、晴をベッドに誘った。キスから始めて、今日は帰したくないなと毎回同じことを考える。

「明日遅番だよね？　早めに送っていくよ。それともここから出勤する？」

一緒にいる時間が長くなればなるだけ、晴に「変だ」と気づかれる可能性は高くなる。それなのに、晴とずっと一緒にいたい、そして打ち明けてしまいたい、という衝動《しょうどう》にかられる。

「いや、帰ります」

「どうして？」

「だって、泊まったりしたら…」

晴が口ごもった。目のふちがほんのりと赤くなっている。

「えっちなこといっぱいされて、明日仕事大変になっちゃうから？」

冗談で言ったのに、晴はかーっと赤くなった。

「えっ、そうなの？」

「だって本田さん…すごいから」

半分も本気を出していないのに、と言いそうになった。

「もっとすごいことしていい？」

「だ、だめです」

本気でうろたえるのが可愛くて、ついからかってしまう。でも本当は本田のほうも口でいうほどの余裕はなかった。今までさんざんいろんな相手といろんなプレイをしてきたが、晴のような初心《うぶ》な反応をする相手はいなかった。

どきどきしているのが手にとるようにわかり、どこを触ってもびっくりして、恥ずかしがって身を竦《すく》ませる。可愛くて、愛《いと》おしくて、いつもどうしていいのかわからなくなる。それでも大事に大事にしているおかげで、晴は少しずつ本田に慣れて、このごろはだいぶ緊張しなくなった。

「それに、一度泊まったら、もう帰りたくなくなりそうで」

「いいじゃない、それ」

車があればな、と本田は晴に口づけながら考えた。

偽造した社会保障《ソーシャル》カードで免許を取るのはリスクがあるが、不可能ではない。鈴木《すずき》などは免許そのものをさくっと偽造して、しょっちゅういろんな種類のレンタカーで運転を楽しんでいる。

車があれば晴を送迎《そうげい》してあげられるし、一緒に遠くに行ける。

一緒に遠くに……。

「本田さん？」

一瞬、ありえない夢想《むそう》をしていた。

「ああ、ごめんね。晴さんがあんまり可愛くて見惚《みと》れてた」

「そんなこと言うの、本田さんだけですよ」

晴が恥ずかしそうに瞬《まばた》きをした。

本当に、晴と二人きりでどこか遠くに行けたら。ただドライブや旅行を思い描いていただけだったはずなのに、晴と二人、なにも思い煩《わずら》う必要のないところに行きたい、とありえない夢のようなことを考えていた。

でも晴は、自分がセクサロイドだと知ってもついてきてくれるだろうか。

「本田さん」

　こんなふうにキスに応《こた》え、こんなふうに笑ってくれるだろうか。

　爪切りは「あれ、どこいったかな？」と誤魔化《ごまか》した。本田は髪も爪も伸びない。外見も変化しない。セクサロイドはあまりに整いすぎた容貌《ようぼう》が人目を引いてしまうが、人間よりも整形がしづらい。表情筋を精緻《せいち》に作っているので、下手に触ると不自然さでかえって目立ってしまうからだ。

　自然に変化していく人の容貌は素晴らしい。加齢による変化は人に奥行を与え、生きてきた道筋が外見を形作る。

　本田は制作されたときからずっと同じ見た目だ。いつか晴は、必ず気づく。

　爪切りは誤魔化せても、変化しない容貌は誤魔化せない……。


　はぴーばーすでーはるさぁあん、と清らかな歌声が部屋中に響いた。

〈はぴーばーすでぇ　はぁるさーん　はぁあぴぃばーすでぇえ　はぁるさぁあん〉

「ひゅーひゅー」

　おもちの高らかな歌声がエコーで消えていくと、鈴木が品のない口笛を吹いた。

〈ごせいちょう　ありがとうございました〉

「ありがとうおもち」

「俺が練習させたんだけどな」

「鈴木さんもありがとうございます」

おもちがオレンジを点灯させながら回転し、本田は盛大《せいだい》に拍手をした。

テーブルには鈴木が持ってきたホールケーキが乗っている。おまえらとメシ食ったりしたいしな、と鈴木は消化機能を元に戻していた。

促《うなが》されて晴がろうそくの火を吹き消し、今度は三人で拍手をした。

「ありがとうございます」

「いやいや」

晴の誕生日は当日二人きりで祝ったが、鈴木にその自慢をしたら「誕生祝い？　なにそれ、俺もやりたい！」と激しく食いついてきて、なぜか三人で改めて誕生パーティーをすることになった。

鈴木はときどきおもちをつつきに遊びにきては晴とも交流し、こんなおしゃべり男のどこがよかったんだよ？　などとインタビューしては本田を嫌がらせていた。晴は最初のうちこそ構えていたが、今ではすっかり鈴木の雑な言動にも慣れてしまい、快《こころよ》くつき合ってくれる。

「俺たち、考えたらこういうことしたことなかったんだよなあ。初詣《はつもうで》も俺、初めて行ったわ」

「おまえ本当にどこでもついてくるよな」

「でも大勢のほうが楽しいですよ」

「ほら、晴さんは心が広い」

鈴木も天涯孤独《てんがいこどく》の施設仲間、ということになっているので、じゃけんにしては可哀そうだと思っているのだろう。

そして鈴木がこうしてすぐ首を突っ込んでくるのは、晴を気に入り、おもちで遊ぶため、というのも本当だろうが、単純に自分たちのことが気がかりなのだとわかっていた。

「えー、では二十歳になった晴さんにひとつ、この一年の抱負《ほうふ》など伺いましょう」

鈴木がふざけてマイクを向ける仕草をする。晴は「えっ」と困った顔をしたが、すぐに背筋を正した。

「今年は、看護師を目指して頑張ろうと思います」

「えっ?」

「晴さん、四月から看護学校行くんだよ」

本田は誇《ほこ》らしく報告した。

「へーっ」

鈴木が目を丸くした。

兄から振り込まれた金の使い道について考えているうちに、母親と同じ道に進みたいと思うようになった、と晴に相談されたのは、看護学校の出願日《しゅつがんび》ぎりぎりだった。

「高校のときの担任の先生に相談したらいろいろ手続きしてもらえて、時間なかったけど猛勉強して、なんとか」

「仕事しながらよく頑張ったよね」

「運がよかったんです」

「そんなことないよ。晴さんの努力のたまものだよ」

もともと晴は頭もよかった。

晴の通っていた高校は進学校で、父親が事故で亡くなったあと、担任や遠い親戚などが進学するように助言《じょげん》してくれたが、当時の晴は留年してしまったこともあり、早く社会に出て独り立ちしなくては、とひたすら焦《あせ》っていたのだという。

「大学なんかのんきに行ってる場合じゃないって、思いつめてて…回り道になっちゃいましたけど、でもこれでよかったんだと思ってます」

「いやでも、すごいな」

珍しく鈴木が本気で感心している。

「ぜんぶ本田さんのおかげです」

晴が嚙み締めるように言った。

「俺はなにもしてないよ」

せいぜい晴の勉強の邪魔をしないようにしていただけだ。晴は首を振った。

「僕は、本田さんと出会ってすごく変わったんです。あの人にどうしてももう一回会いたいとか、どうしてもこれきりにしたくないとか、あんなに強い気持ちで思ったのは初めてで、自分からぶつかっていったのも初めてで、だめでもいい、どうしても諦められないって、自分にあんなパワーがあったこと、本田さんと出会わなかったら知らないままだったと思います。看護師になりたいとか、そのために頑張ったりもきっとしてなかったです」

「晴さん…」

真摯《しんし》な言葉に、本田は思わず晴の手を取った。

「あっ、じゃあ俺帰りまーす」

鈴木が唐突に腰を上げた。

「えっ」

「いや待てよ」

びっくりして二人で引き留めたが、鈴木は「さすがに俺もそこまで野暮《やぼ》じゃないのでー」と目を眇《すが》めた。

「今度は入学祝いしようなー、晴さん」

ひらひらと手を振っている鈴木をコンビニ行くついでに送っていく、と本田は一緒に玄関を出た。なにか話がしたそうだったからだ。

「おまえ、どうすんの」

案《あん》の定《じょう》、エレベーターの中で、鈴木がぼそっと言った。

「どうする、って?」

「俺も調子に乗って焚《た》きつけた自覚あるし、今さら止《や》めとけとかって言うつもりはねーけどさ、おまえも晴さんも、もはや完全にガチだろ」

「もはやってなんだよ。最初からガチだ」

憮然《ぶぜん》として返してから、本田はため息をついた。

「…ちゃんと先のことを考えてなかったのは認める」

考えていなかったというよりは、目を逸《そ》らしていた、というほうが正解だ。

晴と関係を持っては、いずれ悩むことは目に見えていた。ただ、どうしても晴を諦めきれず、冷静な判断を放棄した。先のことなど考えてもしょうがない、と自分を騙《だま》した。

「晴さんにバラすにしても黙ってるにしても、どっちにしたって気づくのは時間の問題だけどな。俺たち見た目変わんねーし」

エレベーターの壁に嵌《は》めこまれた鏡に自分たちの姿が映っている。鈴木はあまりにも美貌《びぼう》な上、二十代前半の設定なのでいくら晴が鈍感《どんかん》でも近いうちに違和感を覚えるだろう。

「おまえはだいぶマシだけどな」

三十代前半は一番容貌変化がゆるやかだ。それでも偽造した社会保障《ソーシャル》カードは数年おきに生まれた年を変えていた。

「気づかれる前に話したほうがいいよな」

「それはおまえが決めることだろ」

そのとおりだ。

エントランスについてエレベーターの扉が開くと、外は思いがけず冷え込んでいた。晴と出会ったのは初夏だった。それから晴は少し背が伸び、顔立ちも大人びた。

「看護師ってのも、正直、ひやっとするな」

鈴木が言いにくそうに呟いた。

「うん」

最初に相談されたときは本田も内心動揺した。が、反対できるわけがない。

看護師になりたい、という新たな目標をもって懸命に努力している姿は、本田には眩《まぶ》しかった。晴は成長し、どんどん先に進んでいく。

「よく考えて、なんか俺にできることあれば言えよ？」

そう言い残して、鈴木は帰って行った。コンビニに行くと言ったからには、と特に必要もない洗剤を買い、部屋に戻ると晴はおもちとあと片づけをしてくれていた。

「なんだかのろけてしまったみたいで、今ごろ恥ずかしくなっちゃって」

帰ってきた本田を見上げ、晴は頬のあたりを手のひらで擦《こす》った。

「いいじゃない。俺は嬉しかったよ」

少しかがんでキスすると、晴が首に腕を回してきた。

「『本田さん大好き』は？」

晴はもう口ごもったりせず、それでも少し恥ずかしそうに「本田さん、大好き」と言ってくれた。

「ありがとう。俺も晴さん大好きだよ」

重いものを運ぶのは得意だ。晴をひょいと横抱きにすると、慌てて首にしがみついてきた。

「本田さん、ジムとか行ってないのに腕力すごいですよね」

「これはね、持ち上げるコツがあるんだよ」

筋力に頼らないセクサロイドだからね、と心の中だけで種明かしをする。

晴は四月から新しい生活を始める。

看護師を目指そうと思う、と相談されたときから、本田はあることを考えていた。

「晴さん」

ベッドにそっと下ろして、本田は晴の顔をのぞきこんだ。

「晴さん、俺と一緒に暮らさない？」

同居すれば、勘付かれる可能性は格段に高くなる。それでも晴をサポートしたかったし、いつまでも隠しておけないことは明白だった。

「ここから晴さんの学校そんなに遠くないし、一緒に暮らせば生活費だいぶ助かるだろ？　そのくらいは俺にさせてよ」

晴が兄から受け取った金は、学費には充分だが、生活費までは賄《まかな》えない額だった。勤めていた家電量販店《りょうはんてん》はすでに辞めていたが、上司が晴の働きぶりを買ってくれ、引き続き夜間アルバイトをすることになっていた。

「学校もあるのに、また家賃だいじょうぶかなって名刺の裏に家計簿つけなくちゃならないだろ？　ここに住めばそんな心配しなくてもいい」

自分から本当のことを告白する勇気はないが、もし気づかれてしまったときには正直に打ち明けよう。やっとその決心がついた。

「本田さん」

晴はベッドに腰かけていた本田の横に座り直した。

「ありがとうございます。す、すごく嬉しいです。でも、でも今本田さんに甘えたら、僕は一人でやっていけなくなる気がするんです。自分の力で頑張って、自信を持ちたい。困ったときは頼ります。だから、もう少しだけ見守っていてくれませんか」

希望に満ちた晴の言葉に、本田はそれ以上なにも言えなかった。

「わかった。…晴さん」

本田は晴の手を取った。

「はい」

「俺も、晴さんと出会って変わったんだよ」

晴が顔を上げた。

「変わったように見えないかもしれないけど、本当に、変わったんだよ」

恋愛感情というものを、晴と出会って知った。

不安や焦燥《しょうそう》、畏《おそ》れ、漠然《ばくぜん》と想像していたような甘い喜びより、苦しさのほうが多い。

でも後悔はまったくなかった。

晴と相思相愛《そうしそうあい》になって、ただ淡々と過ごしていた日々に鮮《あざ》やかな色がついた。

「俺も、晴さんと出会えてよかった」

遅かれ早かれ、セクサロイドだということはばれる。晴は混乱して傷つくだろう。でも今さらどうすることもできない。

騙していたことを誠心誠意謝って、その上で愛していると伝えよう。

もしかしたら――晴は受け入れてくれるかもしれない。簡単ではないだろうが、もしかしたら。

でも結局、晴は気づかなかった。

8

本田《ほんだ》さん、と晴《はる》の呼ぶ声がした。

「聞こえてないの？　本田さん」

洗面所でドライヤーを使っていたので聞こえていなかった。

「ああ？」

「もう時間ですってば」

ばたばた足音が近づいて、晴が勢いよく顔を出した。

「ええっ、もう時間？　でもおもちが…」

予定の時間になったらおもちが教えてくれるはず、と思ってから気がついた。

「おもちはいません！　今日迎えに行くんでしょ」

「そうだった、そうだった」

四年の保証が切れたのを見計らったように、先週おもちは突然動かなくなってしまった。慌ててコールセンターに連絡を入れると、当日のうちに引き取りに来てくれ、翌日に故障状況などの連絡がきた。

「最近はちゃんとしてるよなあ。四年前はひどかったよ。どこに連絡入れても自動返信しかこなくてさあ」

「おかげで本田さんと出会えたんですけど」

「確かに」

顔を見合わせてふふっと笑った。

四年前の、お客さまご相談窓口のカウンターで一生懸命対応してくれた晴と、近々あなたに運命の人が現れます、というおもち占いを思い出す。

「本田さん」

晴が背伸びしてきて、軽いキスを交わした。晴はこの四年で少し背が伸びた。本田はもちろん変わらない。

「早くおもちを迎えに行ってやらないとな」

いくらかかってもいいから全部元通りにしてくれと頼み、昨日無事修理が終わったと連絡がきた。

「では、おもちの代わりに今日の予定をお伝えします！　本田さんは十分後に鈴木《すずき》さんが迎えに来るので一緒に健康診断、僕は六時に院内懇親会《こんしんかい》が終わるので、そのあと一緒におもちを引き取りに行って、家で食事です。ちなみに「ミスト」のデリバリーを七時に頼んでます」

「了解」

晴は自分で決めた通り、バイトで生活費を賄《まかな》いながら看護学校に通い、無事国家試験に合格した。今は実習で通っていたクリニックで勤務を始めている。

「鈴木さんと会うの、久しぶりだな。またぜんぜん変わってないんだろうなあ」

「あいつは年齢不詳が自慢だから」

晴のひとりごとに内心ひやっとしたが、それにも慣れた。本田もまったく変わらないが、しょっちゅう会っているとわからないものだし、三十代前半という一番容貌《ようぼう》変化の少ない年代に作られたこともラッキーだった。いずれ限界は来るだろうが、今のところ晴はまったく変だとは思っていない。

「お、もう来るな」

モバイルに鈴木からのメッセージが届いた。あと少しで到着するのでマンションの前で待機していろ、とある。

「晴さん、準備できてる?」

「うん」

おもちに頼めないのであちこち戸締まりをしたりスイッチを切ったりして一緒に玄関を出た。ずるずるするのは嫌だから、と晴はめったに泊まって行かないが、昨日はうっかり終電を逃《のが》してしまった。これもおもちの「はるさん　そろそろ　しゅうでんです」に慣れていたからだ。さんざん癒し担当とか学習機能はいまいちで役には立たない、などとからかっていたが、案外おもちに頼っていた。

エントランスから外に出ると、もうすっかり日差しは夏のものだった。待つほどもなく鈴木がレンタカーで迎えに来た。晴に「健康診断」と伝えているのは嘘ではなく、定期メンテナンスだ。今回は予定が合ったので一緒に行くか、ということになった。

「晴さん、またちょっと男っぽくなったなあ」

最寄り駅で晴を下ろし、鈴木が感慨《かんがい》深そうに呟いた。

「でも中身は変わんねえな」

そう言う鈴木はこのところ少し物憂《ものう》げだ。

本田は横目で長年の友を観察した。

「高橋《たかはし》の保証期間さ、延ばせるんだよな」

なにも訊いていないのに、信号待ちで鈴木がふいに話し出した。

「あれ、結局保管庫の維持《いじ》管理費だからよ。一年でいくら、って払えば延長できんの。他のセクサロイドのためにそんなことするやつ普通いねーけどさ、訊いたら可能だって。施設に空きがなくなってきたら断るけど、今のところは一年ごとの契約で延長できるらしい」

高橋の解除の条件は「全てのセクサロイドが人間と同じ環境で安心して暮らせる世の中になったら」だった。ほとんどのセクサロイドがその文言《もんごん》で眠りにつくので、半分祈りの言葉のようになっている。

高橋がスリープに入って四年が過ぎ、鈴木もスリープするための金を貯め始めている。

「高橋の保証期間に合わせて、同じ時期にクラッシュでもいいなあとか思うんだけど。ドラマとかでさ、一緒に死んであの世で幸せになろう、みたいな展開あるじゃん？　あれ、魂《たましい》があるからだよな？　俺たちはクラッシュしたらそれっきりなんだよな？」

「人だって死んだ後のことなんかわからんだろ」

「でもそう信じられるのが羨《うらや》ましい。俺さ、高橋のこと好きだってあいつがスリープしちゃってから気づいただろ？　ちゃんと言えてたらこんなにいつまでも引きずらなかっただろうなって思うんだ。もう遅いけど、でももし高橋が目を覚ましたらなって、…いつも考えてる」

晴と一緒に年齢を重ねていけたらどんなにいいか、と本田もしょっちゅう夢想《むそう》していた。晴の寝顔を見ながら、眠る必要のない長い夜を過ごしていると、育ってしまった愛情の大きさに怯《おび》えてしまう。

フロントガラスから差し込む初夏の太陽が網膜《もうまく》レンズを刺激して、本田は目を眇《すが》めた。エネルギーが備蓄《びちく》されていく。

鈴木がカーラジオをつけた。

海外の人権団体が少数民族への弾圧に対する抗議活動を行っているというニュースが流れ、高橋のことを考えた。

「俺たちってヒューマンじゃないからさ、人権もないんだよな」

同じことを考えていたらしく、鈴木が皮肉に笑った。

ヒューマノイドに自意識が育っているとわかってきて、人間が選択したのはスリープであり、クラッシュだった。

ロボットは人に危害を加えない。初期設定で組み込まれたそのプログラムは強固で、反社会的活動をすることはない。それでも「得《え》たいが知れない」「怖い」という感情は抑《おさ》えがたく――たぶん、晴も本田がセクサロイドだと知ったらパニックに陥《おちい》るだろう。

きれいごとを言うなら、晴にショックを与えたくない。

エゴを隠さずに言うなら、晴を失いたくない。だから本田は打ち明けられない。そのつもりもない。

ただいつまでも隠し続けられないこともわかっていた。

「俺さ、もう晴さんには会わないほうがいいよな」

鈴木がバックミラーにちらっと目をやって呟いた。

若く見えるだけだといっても限界はある。特に鈴木の繊細《せんさい》な美貌は、三十前の男の顔にはとても見えなかった。いずれ自分もそうなる。

「前にさ、アメリカとか北欧でセクサロイドの人権団体ができたとかって話あったじゃん？あれ、日本でもそういう動きがあるらしいって聞いたんだ」

「本当か？」

急に話が変わって戸惑ったが、その内容に驚いた。鈴木が肩をすくめた。

「嘘」

「なんだよ」

「でもよ、小林《こばやし》に接触してきたのは本当なんだよな」

鈴木が嫌そうに下唇を突きだした。

「は？」

「やつのメンテナンス技師の名前出して連絡してきたらしいんだけど、どうも文言《もんごん》がおかしいと思って返事しないで技師のほうに確認したら、そんなやつら知らないって」

「…やばいな」

セクサロイドは金になる。特にアジア系はずっと高騰《こうとう》する一方だとかで、ちらほらそんな話を聞くようになった。

通報されて強制スリープになるのと、売買《ばいばい》されてまたマスターの人形に戻るのとどっちがましか、という冗談も耳にする。

「小林、大丈夫なのか」

「技師のほうの情報が流れたらしくて、そっちの手あてをしたから、まあ。金丸《かなまる》は技術系じゃなくて研究系だから俺たちのルートは今回関係ないけど、人権団体装《よそお》うってのがむかつくよな」

隠れて暮らさなくて済むようになったらどれだけいいか、というのが自意識の育ったセクサロイド共通の願いだ。そこにつけこんで騙そうとするやつらに腹が立つ。

さらに鈴木には自由に生きられるようになったら、と願う別の理由もある。

高橋の保証期間は十年だった。その前に鈴木もスリープするつもりだろう。

網膜レンズから取り込む日差しでバッテリーがフルになった。

蓄電《ちくでん》バッテリーが劣化《れっか》すれば取り換え、網膜レンズが摩耗《まもう》すれば交換し、何十年でも同じように存在し続ける。晴がそれを知ったらどう思うだろう。

時間は過ぎていき、
どうすることもできない。


〈おかえりなさい　おもち　です〉

「おっ」

「よかった、ちゃんと直ってる」

配送より早いから、と店頭で引き取ってきた家電ロボットは、電源を入れるとゆっくり回転して挨拶《あいさつ》をした。

「おかえりなさいってこっちのせりふだぞ、おもち」

〈はい　おかえりなさい〉

「この絶妙に話の噛み合わない感じがおもちだなあ」

かわいいね、と笑っている晴が、本田には可愛くてたまらなかった。

おもちが〈はるさん　こんにちは　おもちです〉とまた唐突な挨拶をした。

「はいこんにちは、おもち。じゃあ手伝ってね」

デリバリーのキットをアームに乗せておもちが晴にくっついてキッチンに行き、本田はテーブルの用意をした。今日は晴が正式に病院採用になったお祝いだ。二人とも気に入っているフレンチのミールキットを皿に盛りつけ、少しいいワインを開けた。

「院内懇親会、どうだった？」

「師長《しちょう》さんが仕切ってくれてて、楽しかったですよ。同期も仲いいし、先生はちょっととっつきにくいですけど、頑張れそう」

「よかったなあ」

本田が注《つ》いだワインはすぐに飲み干された。晴はけっこう酒が強い。

「それでね、本田さん」

晴がワイングラスの足を指先でなぞった。照れくさいときの仕草だ。

「なに？『本田さん大好き』？」

「本田さん大好きです」

晴が笑って復唱《ふくしょう》し、少し改まった。

「――一緒に、暮らしませんか」

背筋を伸ばして、晴はまっすぐ本田と視線を合わせた。

「僕が看護師になりたい、看護学校通おうって決めたとき、本田さん一緒に暮らそうって言ってくれたでしょう？　また家賃の心配しなくちゃならないだろって。すごく嬉しかったけど、僕は甘えずに一人で頑張りたいって生意気なこと言って、――それで、この三年、いろいろ弱音吐いたり、辛《つら》くなって泣きごと言ったりしたけど、そのたびに本田さんに励《はげ》ましてもらって、やっと念願がかなって…だから」

声が震え、目が潤《うる》んで、晴は恥ずかしそうに瞬《まばた》きをした。

「一緒に暮らしたいんです」

本田はしばらくなにも言えなかった。

晴の申し出自体は、ものすごく嬉しい。これから夜勤も始まって、今まで通りには会えなくなるかもしれないと思っていたからなおさらだ。ただ、――同居するのは怖かった。

この三年で、本田はさらに深く晴を愛していた。いずれ破局がくることは避《さ》けられないが、少しでもそれが先になるように、と祈らずにはいられない。

「嫌ですか？」

本田がいかに自分を愛しているのか、晴は充分わかっている。手放しで喜ぶはずの本田が逡《しゅん》巡《じゅん》していることに気づいて、晴はいぶかしそうに首をかしげた。

「いや――あ、びっくりして…」

本田は急いで笑顔を作った。

「もう晴さんは同居の話は忘れたかと思ってたから」

「そんなことない」

晴はまじめな顔で首を振った。

「本田さんが天涯孤独《てんがいこどく》、って言ったのもずっと覚えてる。僕もそうです。親戚はいるけどもうぜんぜん会っていないし、お兄さんとも他人になっちゃったし、でも自分の好きな人と家庭を作ることはできるでしょう？　本田さんと、ずっとずっと一緒に暮らしたいんです。一生、一緒にいたいんです」

一生、一緒に……。

本田はぼんやりと晴を見つめた。

「僕は本田さんと家族になりたい」

四年で、晴は少し背が伸び、顔つきも引き締まった。出会った頃は可愛らしいという印象しかなかったが、今の晴は青年らしい力強さも持っている。でも太めの眉はやや下がり気味で、目と目の間隔《かんかく》は若干《じゃっかん》開いている。本田が心から愛している、大好きな顔だ。

「本田さん？」

セクサロイドも涙は出る。

汗や唾液《だえき》と同じように、まるで人間のように、涙は流せる。ただ、感情に連動することはあまりなかった。単純に網膜レンズに入った異物を流したり、苦痛の反応として涙腺《るいせん》が刺激されたりで涙が出る。

だから自分が泣いていることに、本田はしばらく気づかなかった。ただ茫然《ぼうぜん》として晴を見つめていた。

「本田さん」

ぽたっとテーブルに涙が落ちて、やっと自分が目を見開いたまま泣いていることに気がついた。

「えっ、あ、ご、ごめんな」

びっくりして目を拭《ぬぐ》い、本田は激しく湧き上がってくる奔流《ほんりゅう》のような感情に圧倒《あっとう》された。

「ごめん…晴さん」

たまらずに席を立ち、本田は洗面所に逃げ込んだ。

一生、という晴の言葉が胸に突き刺さる。嬉しい。でも悲しい。晴の一生と、自分の一生は、決して重ならない。並ぶこともない。最初からまったく違う。

「本田さん?」

晴がためらいがちに近寄ってきた。

「――晴さん」

腕を伸ばすと、晴が胸に飛び込んできた。もう目をつぶっても晴の肩の位置、腕の場所、背

中の感触、みんなわかる。

「本田さん、一緒に暮らそう」

晴が本田の背中に腕を回した。晴の腕が自分の背中のどこに納まるかもわかる。何度も何度もこうして抱きしめ合ったからわかる。

「『そうだね』は？」

晴が囁いた。

「ん？」

「『そうだね』」

照れ屋の晴に、いつも本田が返事を促《うなが》していた。晴が顔を上げた。

「本田さん、一緒に暮らそう。そうだね、って言ってよ」

晴の目が不安そうに本田を見つめた。

「それとも、…嫌ですか？」

「そんなわけないだろ。晴さんと一緒に暮らしたいよ」

「ほんと？」

「本当」

本田は晴の頭を抱き込んだ。髪が頬をくすぐる。

「一生一緒にいよう、本田さん」

晴がせがむように言った。本田はぎゅっと目を閉じた。

「――そうだね」

みっともなく声が震えた。晴が本田のシャツをぎゅっと握る。

嬉しいのに悲しくて、本田はひたすら晴を抱きしめていた。


本田の偽造した社会保障《ソーシャル》カードに記載されている生年月日は、晴と出会ってからは一度も変更していない。誕生日だということになっている八月の夜、おもちがハッピーバースデーを歌ってくれ、晴は「三十六歳おめでとう」とボードゲームを贈ってくれた。

「晴さんが祝ってくれるのは嬉しいけど、三十六は嬉しくないなあ」

「どうして？」

偽の年齢だから、と言えるわけもなく、本田は加齢を嘆《なげ》くふりをした。

「晴さんも三十六になればきっとわかるよ。あ、もちろんこれは嬉しいよ。ありがとう！」

晴がプレゼントしてくれたのは、少し前に「次はこれやってみよう」と相談していたボードゲームだ。一緒に過ごす時間が増えて、このところ二人の間でボードゲームが盛り上がっていた。

ひと月ほど前、本田は晴との二人暮らしをスタートさせた。

中途半端な時期だったのでなかなか希望通りの部屋が見つからず、ひとまず本田のところに晴が越してくることになった。もともと一人暮らしには広すぎるくらいだったので、想像していたほど窮屈《きゅうくつ》でもない。今まで仕事部屋にしていた部屋を晴に譲《ゆず》り、本田は寝室にデスクを移してそれぞれの個室を確保した。

晴は「家に帰ったらいつも本田さんがいる！」と大喜びしていて、本田もそれは同じだったが、一方で不安も募《つの》った。

「僕は夜勤もあるし、本田さんは自営だから、それぞれ自分のペースで生活しましょう」

同居になればすぐ変だと気づくだろう、と半《なか》ば覚悟していたが、夜は寝ているふりで擬態《ぎたい》しているとほどよく生活がすれ違う。それでいて一緒にいる時間は各段に増えた。今のところ拍《ひょう》子抜《しぬ》けするほどなにもかもがうまく運んでいた。

基本的に自分のことは自分で、と決めたが、本田が在宅勤務ということもあって毎日一緒に食事をするし、リビングではたいていソファでくっついている。

晴とおもちのいる生活が幸せで、一日一日愛着《あいちゃく》が強くなり、そのぶんいつも不安がつきまとった。

気づかれるかもしれないという恐れの中に、いっそ気づいてほしい、という願望も混じりだす。

晴が全部を知ったあと、どういう結論を出すのか、本田は想像もできなかった。

ボードゲームは晴が職場でオセロをもらってきたのがきっかけで、二人でできるテーブルゲームをあれこれ買っては楽しむようになった。本田は負けず嫌いで、晴はゲームが強い。毎回「もう一回！　もう一回だけ！」と騒いでは晴を笑わせていた。

「今日は本田さんの誕生日だから、二回まではリベンジにつき合います」

「なんで俺がすでに負けてるの？」

「あっ、ほんとだ」

晴が笑ってごめんなさい、と首をすくめ、本田はわざとらしく拗《す》ねた顔をして見せた。

「晴さん俺を子ども扱いしてるけど、もう三十六だからね？」

「子ども扱いはしてないけど、本田さんは中身が若いし、それに見た目だって知り合ったときからぜんぜん変わらないし。そのうち僕のほうが年上に見えるかも」

自分の冗談がどれほど本田にダメージを与えているのか、晴はまったく知らない。

——話してしまおうか。

ボードゲームの箱を開けながら、本田は衝動《しょうどう》に突き動かされそうになった。今までも何度か打ち明けようか、と決心しては挫折《ざせつ》していた。

「——晴さん」

打ち明けたら、晴はパニックになるだろう。傷つけたくないし悲しませたくない——でももしかしたら、理解してくれるかもしれない。

「はい？」

ルールブックを読んでいた晴が顔を上げた。

本田はごくりと唾《つば》を飲み込んだ。

「あの」

普段おしゃべりな本田が口ごもっているので、晴が不思議そうに瞬《まばた》きをした。

「ルール、難しい？」

やはり、言えない。

何百回めかの挫折をして、本田はゲームの箱を持って買ったばかりの丸テーブルに座った。

「人数が変わるとルールも変わるんですね」

晴もソファから腰を上げ、本田の向かいに座る。

「二人でやるときの基本ルールはこれだけみたい。あとはやりながら覚えましょう」

「よし、じゃあさっそく勝負だ」

先延ばしにしても問題は解決しないが、ひとまず本田は目先の楽しいことを優先した。

晴のプレゼントしてくれたのは陣取《じんと》りゲームで、盤《ばん》の上にモザイク模様を作っていく。駒《こま》は美しい模様のタイルだ。

「そういえば、この前薬品管理の担当で倉庫の片づけをしたんですけど、昔はこういう仕事はぜんぶヒューマノイドがやってたって話になって」

盤にタイルの駒を並べながら、晴がなにげなく話しだした。どきりとした。

「本田さんはヒューマノイドって知ってますか？　人工知能搭載《とうさい》型で、見た目も人間そっくりにつくったロボット。僕は名前を聞いたことしかないんだけど」

「またそうやってジェネレーションギャップをアピールして」

いつもの軽口でなんとか動揺をやりすごす。

「してませんって」

晴は笑って、少し声をひそめた。

「でね、ヒューマノイドは看護とか保育で使われてたんですけど、セクサロイド、っていうのも作られてたんだって」

本田はモザイク模様の駒を床に落とした。

「その、夜の相手をさせるために作ったヒューマノイド」

「へえ」

床にしゃがみこんで駒を拾い上げる。手が震えていた。晴は何も気づかずに言った。

「機械とセックスするなんて、――なんだか怖いな」

結局、本田は最後まで晴に打ち明けることはできなかった。

晴が気づくこともなかった。

一緒に暮らし始めて半年が過ぎ、年が明けて、晴は突然倒れた。

9

あとから考えると、予兆《よちょう》はあった。

「本田《ほんだ》さん、見えるところに痕つけないで」

秋が深まったころ、晴《はる》に照れくさそうに言われたことがあった。

「ここどうしたのって訊かれて、恥ずかしかった」

言われて見ると、確かにうなじの下のほうに鬱血《うっけつ》があったが、本田はそんなところに痕をつけた記憶がなかった。夢中になって噛んだのを忘れたのかな、とやりすごした。

寝起きはいいはずなのに、寝過ごすことも増えた。

おもちに「僕がちゃんとベッドから出るまで、何回でも起こして」と頼んでいて、あまりに何度も〈はるさん　おきてください〉と晴の部屋からおもちの声が聞こえるので起こしに行くと、覚醒《かくせい》するのにひどく時間がかかる。

本田は自分が眠らないので、そのときもさして不思議には思わなかった。

その日は晴は準夜勤で、いつもは二時前に帰ってくる。本田は海外マーケットの株式を見ていて、そろそろおもちが晴を出迎える準備を始めるころかな、と時計を確かめた。晴がこの時間帯に帰ってくるときには睡眠を擬態《ぎたい》する。時計は二時半を少し過ぎていたが、さほど心配しなかった。日勤や夜勤のときほどではないものの、突発的なことが起こって遅くなるのはざらだ。

どうしたんだろう、と思ったのは四時を過ぎたころで、「遅いね?」とだけメッセージを送った。さらに一時間しても晴からの連絡はなにもなかった。

よほど職場で緊急事態が起こったのかと本格的に心配になってきたとき、本田のモバイルフォンが鳴った。知らない番号だ。晴の勤務先の病院名を告げられて、本田は息を呑んだ。

『西間木晴《にしまぎはる》さんの緊急連絡先にかけています。ホンダタカユキさんのモバイルで間違いないでしょうか?』

ありとあらゆるよくないことが頭を過《よ》ぎった。

『では、医師のほうから現状の説明がありますので、少々お待ちください』

晴は難治性《なんちせい》の血管疾患《しっかん》に罹《かか》っていた。

勤務中に倒れ、緊急処置を受けてすぐクリニックから専門病院に搬送《はんそう》された。

同居の実態があったので、本田は晴のパートナーとしてすんなり認められ、意識が戻る前からそばについていることが許された。医師に脳のスキャンを見せられて、ひとまず大きな発作を起こした部位の処置は終わったと説明を受けた。今後のことは詳しい検査が終わってからということで、晴の意識が戻るまで、ＩＣＵから個室に移り、本田はひたすらベッドの脇に座り続けた。

「少し横になったほうがいいんじゃないですか」

看護師に何度か声をかけられたが、本田はひたすら晴を見守った。点滴につながれ、さまざまな計器がつけられて、晴は眠っている。

病院や医師はセクサロイドにとって一番忌避《きひ》したい存在だ。だが今の晴を一番安心して託《たく》せるのは医療だった。そして本田は晴から離れることなど考えられない。

丸一日経《た》って、晴が目を覚ました。

「晴さん」

少し前から手や唇が動いていたので期待していると、晴が薄く目を開いた。なにか言おうとしたようだが、声は出ない。何度か瞬《まばた》きをして、本田をしっかり認識したのがわかった。

「晴さん」

声が掠《かす》れた。看護師を呼ぼうとしたが、晴についていた計器の反応で覚醒《かくせい》が伝わっていたらしく、ややして看護師と医師が同時に入ってきた。

「ほんだ、さん」

一通りの診察が終わり、看護師がケアを終えて出て行くと、ようやく晴と言葉を交わせた。

「晴さん、大丈夫か？」

倒れたときにできた頬や顎《あご》の擦過傷《さっかしょう》に大きな保護帯《ほごたい》をつけられていて痛々しい。晴はまだよく現状が呑み込めない様子で、それでも本田の問いかけにうなずいた。

「びっくり、した。…なんだか、ドラマ、みてる、みたい…」

「俺だって驚いたよ」

「ごめん、ね」

「しゃべらなくていいよ。口切ってるから痛いだろ」

晴の手を握ると、ちゃんと握り返してくれた。それだけでどっと安堵《あんど》がこみあげてきて、本田はかがんで晴の手に口づけた。

医師の言動で、晴の病状が厳しいことは感じていた。詳しい検査をするのに同意書を取るのは普通のこととは思えない。晴も少しずつ自分の状況を理解して、本田に動揺を見せないように「ちょっと眠るね」と目を閉じた。

けれど、そのときはまだ本田は晴が恢復《かいふく》すると信じていた。

晴は若いし、倒れたのがクリニックで、即座に処置を受けることもできた。多少闘病《とうびょう》が厳しくても自分がついている。もしその過程で秘密が露見《ろけん》してしまっても、それこそ仕方がない、と覚悟もできていた。

しかし、そんな覚悟はただの楽観だったとそのあとの半月で思い知らされた。

「僕の病気、母と同じだった」

晴がぽつりと言った。

すでに本田も晴の疾患についておおよそ調べられる限りのことは調べていた。

原因不明の難病で、全身の血管が炎症《えんしょう》を起こす。炎症部位によって症状が違い、今回は脳血管だったのでいきなり倒れた。対症療法《たいしょうりょうほう》しかなく、その過程で衰弱《すいじゃく》して徐々に手が打てなくなっていく。五年生存率はわずか数パーセントだった。

遺伝する病気じゃないはずなんだけど、と弱々しく笑った晴も、自分の予後《よご》を正確に予測していた。小学生のときに母親を看護し、付き添っていたのは晴だし、彼は看護師だ。

「医学は進歩してるんだ。晴さんのお母さんが闘病してたときからもう十年以上経ってるんだぞ」

医療従事者に門外漢《もんがいかん》が気休めを言う虚《むな》しさに、本田は叫び出しそうになった。

セクサロイドは眠る必要がない。食べる必要もない。正しいメンテナンスを受けさえすればいつまででも問題なく身体は動く。精神も病《や》まない。でも今こんなにも激しい苦痛に苛《さいな》まれている自分の意識はいったいなんだ。

晴が夜中に一人で泣いている気配に、何もしてやることができず、ただ付き添い用の簡易ベッドに横になり、眠っているふりをすることしかできない。胸が潰《つぶ》れそうに辛《つら》い。

晴の身体をぜんぶ機械に置き換えられれば。

金丸《かなまる》の夢見るブレーンマシンに晴の意識を移植できれば。

金丸の夢を、人の苦しみを、初めて心底から理解できた。

「晴さん、どうよ」

こんなとき、本田が一番に頼りにするのはやはり鈴木《すずき》だった。

外来病棟の待合スペースで、本田は並んでベンチシートに座った。口ぶりこそいつもの雑さだが、鈴木も心底晴を心配している。

「俺はおまえのことも心配だよ」

晴が倒れて五ヵ月が経過していた。

ベンチシートの前の中庭には霧《きり》のような雨が降っている。いつの間にか季節が変わっていたが、本田にはどうでもいいことだった。

晴のそばから片時も離れられない本田のために、鈴木もこうして苦手なはずの病院にたびたび足を運んでくれていた。

「頼みがあるんだ」

晴は二日前にも大きな発作を起こした。

痙攣《けいれん》止めをずっと点滴していたが、炎症自体はなかなか抑《おさ》えられない。薬で抑えるのも限界があった。ここまで急速に悪化していくとは主治医も予想していなかったらしく、最近はどんどん表情が厳しくなっていた。

「おまえに迷惑はかけないから、ってこういうときの常套《じょうとう》文句だけど、俺は今から鈴木にめちゃくちゃ迷惑かけるかもしれないことを頼む。断られるのは承知で、聞くだけでも聞いてくれ」

顔つきでただごとではないと察したらしく、鈴木が小さくうなずいた。

「アメリカの特定疾患療養センター、そこのＶＩＰ専用最先端医療機関が、晴さんの疾患の治療実績を持ってた」

鈴木が目を瞠《みは》った。

「まさか」

「治せるかもしれない」

セクサロイドはもともと超富裕層の持ち物だった関係で、そうしたことを調べるルートがいくつかあった。本田はあらゆるツテを使って晴を助けられる方法がないかと狂奔《きょうほん》した。

「患者の遺伝子情報を解析して、炎症に関する情報だけを入れ替えるって方法らしい。若ければ若いほど完治《かんち》の可能性は高い」

「けどそれ、一般人がかかれるような医療機関じゃないだろ?」

「だから、ここから相談だ」

鈴木に話をしながら、本田は晴が発作を起こす前に交わした会話を思い出していた。

晴は衰弱が激しく、このところは話をするのも辛そうだったが、そのときは比較的穏やかに過ごしていた。

消灯時間の前で、廊下のほうから寝る前の準備をしているひとたちのざわめきが聞こえていた。晴はもったいないと反対していたが、本田は譲《ゆず》らずずっと個室にしていた。仕事もなにもかも投げ捨ててしまっている本田に、晴はだんだん文句を言わなくなった。二人でいられる時間がさほど残されていないと悟《さと》ったからだろう。

「ほんだ、さん」

看護師が検温にきて「おやすみなさい」と出て行った。一応部屋の電気を消して、晴が寝入るまでのつもりで、本田は晴の手を握っていつものように他愛《たわい》のない話をしていた。晴は痛み止めの影響もあってうつらうつらしている。相槌《あいづち》をうつ頻度《ひんど》が落ちて、もう寝たのかな、と思ったときに晴がか細い声で本田の名前を呼んだ。

「うん？　どうしたの？」

晴がまたなにか言った。本田は枕元の明かりをつけた。

人は、どうしてこんなに外見が変わるんだろう。本田はどれだけ疲弊《ひへい》しても、心労が溜まっても、見た目には影響しない。晴はたった数ヵ月で頬がこけ、唇が乾き、すっかり面変わりしてしまった。でも晴だ。本田が心から愛した晴だ。この人がいなくなったら、この世界にはなんの意味もなくなる。

「晴さん？」

「…ご、――ごめん…な、さい」

晴の目から涙がひとすじこぼれた。本田ははっと晴の手を握っていた指に力をこめた。

「――…ずっと、一緒にいてくださいって、おねがいした、のに…、ぼく、やくそく…まもれ、な…て、」

「晴さん、謝らないで」

「やくそく、…」

「守ってくれたよ。晴さんはずっと俺と一緒にいてくれた」

晴の口元がほんの少し緩《ゆる》んで、かすかにうなずいた。

「晴さん、好きだよ」

眠らせてあげないと、と思いながら、今眠ってしまったらもう二度と晴が目覚めないような気がして、本田は「晴さん」とぎゅっと手を握った。

「晴さん、晴さん」

痛み止めの眠気に襲われて、晴のまぶたがゆっくりと落ちる。

「晴さん。好きだよ。晴さん、『僕も』は？　……」

目を閉じたまま、僕も、と晴の唇が動いたが、とうとう声は聞き取れなかった。

「疾患センターに働きかけをしてくれるエージェントを見つけた。保証金はもう振り込んである」

本田はモバイル端末《たんまつ》に契約内容を表示させた。今までパーツ交換やメンテナンスのために貯めていた金でなんとか足りた。

「受け入れてもらえるかどうかわからないけど、もし無駄になっても俺はもう金なんかいらないからいいんだ」

もちろん、晴の医療費は別に必要だ。莫大《ばくだい》な額を支払わなくてはならない。

「おまえ…」

まさか、というように鈴木の眸《ひとみ》にぐっと力がこもった。本田は黙って鈴木を見返した。

「小林《こばやし》に人権団体を騙《かた》って接触してきたってやつに、こっちから交渉した」

鈴木が息を呑んだ。

自《みず》ら流通に入るセクサロイドがいるわけがない、と最初はまったく信用されなかったが、本田は交渉人と直接会って話をつけた。迷いはなかった。

もう一度記憶を全消去して、自分自身を売買組織に売る。

「金の受取人になって欲しい」

鈴木が顔色を変えた。

「馬鹿言うな」

「頼む」

「晴さんはそんなこと望んでないだろ！」

本田は首を振った。

「晴さんは俺と約束したんだ。一生一緒にいようって。だから俺のこの人生は晴さんのものだ。約束を果たせたら他になにもいらない。本望だ」

その日、鈴木は初めて晴の病室に入った。

すっかり痩《や》せてしまった晴の寝顔に衝撃を受けたらしく、長い時間黙っていた。

「――晴さんの医療費を支払っても、かなり残るはずなんだ」

本田はそっと晴の手に触れた。

「半分は晴さんの当面の生活費にして、あと半分は、高橋《たかはし》の保証期間の延長に使ってくれ」

自分を売る、と決意してから考えていたことだ。鈴木が驚いて顔を上げた。

「この先も生きていくのに、希望がいるだろ。俺もおまえも人を好きになる情緒《じょうちょ》が育ったんだ。それを無駄にしたくない」

――ちかぢか　ほんだのまえに　うんめいのあいてがあらわれるかもしれません。

晴が運命なら、喜んで受け入れる。

10

空港の大きな窓から冬晴れの空が見える。

到着ロビーのそこここに表示されている日本語の案内に、帰って来たんだ、と西間木晴《にしまぎはる》はまだ信じられない気持ちで自分の両足に目をやった。汚れたスニーカーでしっかりと立っている。ほんの半年前には死を覚悟していたのに、完治《かんち》など望めないはずだったのに、今、こうして立っている。

「晴さん！」

ターンテーブルから荷物を下ろし、人の波に従《したが》って外に出ると、すらりとした長身の男が近寄ってきた。

「鈴木《すずき》さん」

「よお」

本田《ほんだ》の親友はだぼっとしたジャンパーとジーンズで、キャップを目深《まぶか》にかぶっていた。

「お久しぶりです。いろいろお世話になりました」

「ん」

オンラインではやりとりしていたが、直接会うのはいつぶりだろう。日本での闘病《とうびょう》中に何度か見舞いにきてくれたようだが、最後のほうは記憶がおぼろげだ。

明るくおしゃべりで優しかった本田とは対照的に、鈴木は態度も言葉も荒っぽい。初めのころはほんの少しだけ苦手意識があった。でも本田を通じて親しくなるにつれ、友達思いの情の篤《あつ》い人だ、と好意をもつようになった。さらに今は強い恩義を感じる。

「荷物」

「あ、大丈夫です」

スーツケースを持とうとするので断ったが、鈴木は強引に持ち手をつかんで歩き出した。晴が慌てて追いかけると、すぐなにかに気づいて歩調を緩《ゆる》めた。

「まだ本調子じゃなかったな、悪い」

「あ、いえ」

「俺は本田みたいに気が利《き》かねえからな」

ぼそっと「本田」と名前を出され、不意打ちに晴は固まった。

鈴木が横目で見て、ちっと舌打ちした。

「とにかく、家に行こう」

「はい」

それにしても、この人が本当にヒューマノイドなのか、と晴はこっそり鈴木を観察した。初めて会ったときは夢のように美しい人だ、と驚き、本田の恋人なのだと誤解して落ち込んだりもした。そのあと本田とつき合うようになって彼とも親しく交流するようになったが、ぜんぜん気づかなかった。今もヒューマノイドだとは思えない。どこをどうとっても完璧な美貌《びぼう》を持つ、普通の人だ。

ただ、知り合ったのは五年以上前なのに、鈴木の容貌は確かにまったく変わっていない。三十代の本田と違って二十代前半の見かけなので、その変わらなさはやはり不自然だった。

「リハビリ、よく頑張ったな」

タクシーの後部座席に落ち着いて、鈴木がねぎらってくれた。

「飛行機乗れるようになるまで一ヵ月はかかるって聞いてたのに、すげーじゃん」

「早く日本に帰りたかったので」

昏睡《こんすい》状態に陥《おちい》る前、本田と会話を交わしたのが最後の記憶で、次に目を覚ましたとき、晴はアメリカの超富裕層《ちょうふゆうそう》しか入れない医療施設にいた。日系の付添人がいる豪華な病室で、自分が最先端医療にかかることを告げられた。なにがなんだかわからず混乱したが、すぐ鈴木がオンラインで連絡を入れてくれた。

最初、鈴木は「事情があって俺が本田の代理人になった」と嘘ではない説明をした。その時点ではまだ体調が最悪で、晴はあれこれ考える余裕がなかった。とにかく本田が必死で準備してくれたのだということだけはわかったので、晴はひたすら辛《つら》い治療に耐えた。何回目かの施《せ》術《じゅつ》のあと、治療チームに「おめでとう！」と祝福され、晴は自分が病気を克服《こくふく》したのだと知った。

鈴木とはオンラインでやりとりしていたが、なかなか本田のことは教えてもらえなかった。退院後、鈴木が準備してくれていた豪華なマンションに移ってリハビリを始め、そのタイミングでようやく本田の決断を聞かされた。

ヒューマノイドって知ってるか、と端末《たんまつ》の画面の中で、鈴木は慎重に切り出した。理解できなくて、何度も何度も訊き返し、それでもやっぱりわからなくて、事実を受け入れるのに一週間以上もかかった。今も本当には信じていない。

本田から預かったという音声データを転送してくれたが、晴は未《いま》だに聞くことができていなかった。

まだ家に帰れば本田がいるような気がしてならない。

タクシーを下りてエントランスに入ると、鈴木が慣れた手つきでメールボックスを開けて投げ込みチラシやDMを取りだした。こうして部屋を維持《いじ》管理してくれていたのも鈴木だ。

考えてみれば、本田と暮らしたのはたった半年ほどだった。生活時間がずれるから、とシェアルームを探したが見つからず、本田の部屋に転がり込むような形になってしまったが、晴が心配していたような不協和音は一度も起こらなかった。本田とおもちとで過ごす時間はただただ穏やかで、楽しかった。職場で多少嫌なことがあっても家に帰れば本田がいて、お帰り、と迎えてくれる。明るくておしゃべりで、そして心底優しい本田といると、晴はいつも綿菓子にくるまれるように幸せだった。

「長い間、ここ管理してくださってありがとうございました」

「俺じゃねーよ、管理してたのはおもちだ。毎日せっせと床掃除して、窓開け閉めして換気《かんき》して」

鈴木が苦笑しながら玄関ドアを開けた。すーっとなにかが近寄ってくる。

「おもち！」

〈おかえりなさい　はるさん〉

晴の声に反応し、懐《なつ》かしい音声が歓迎してくれた。丸いフォルムに電源ボタンの二つの目玉、つやつやした白い樹脂体《じゅしたい》の家電ロボットが晴の前に滑《すべ》ってきた。

〈おつかれさま　おしょくじは　どうしましょう〉

まるで昨日の続きのように話しかけてくるおもちに、懐かしさと同時にどっと熱いものがこみあげる。

「ありがとう、だいじょうぶ」

声が震えた。

〈おふろは　どうしましょう〉

「ありがとう、今はいい」

こらえる暇もなくぼろぼろ涙がこぼれて、晴は両手の甲で交互に目を拭《ぬぐ》った。鈴木が黙ってスーツケースを運び込んだ。

〈すずきさん　そちゃですが〉

「そうだそうだ、粗茶《そちゃ》出すようになったんだよ、こいつ」

鈴木が晴の気を引き立てるように得意げに胸を張った。おもちが冷蔵庫からドリンク缶を出している。

「よかったですね」

晴は泣きながら笑った。

「くそ寒いのに、粗茶は馬鹿の一つ覚えでこれだよ。やっぱいま一つ使えねえよなあ」

ぼやくように言って、鈴木も目をぱちぱちさせた。

「じゃあ、渡すもの渡しとくな」

うっすらと埃《ほこり》の乗ったテーブルに向かい合って座り、鈴木がごそごそ茶封筒を出してきた。

「これ、病院の支払いとか役所の届の控えとか。預かってた他の書類もみんな一緒にしてるから」

「ありがとうございます」

「で、これが銀行の口座ＩＤとパスワード。ここの家賃とかもろもろ引き落とし口座もこっちに変更してある」

モバイルで確認すると驚くような額が入っていた。

「こんなに」

治療費も、たぶん自分が一生かけても返せないほど高額だったはずだ。

「――本田さん、本当にいなくなったんですね」

勝手に口が動いた。鈴木がはっと目を上げた。

今にも本田が寝室から「おっ、晴さんおかえり」と出てきそうだ。でも部屋の中はしんと静かだ。鈴木が無言で目を伏せた。

「本田さんは、今どこにるんですか？」

晴は膝《ひざ》の上で両手をぎゅっと握った。

ずっと訊きたくて訊けなかった。訊くのが怖かった。治療が終わってからも頭の一部が麻痺《まひ》したようになっていて、晴は一度も鈴木にそれを尋ねなかった。でもいつまでも逃げ続けるわけにはいかない。

「わかんねえ」

短く答えて、鈴木はふっと息をついた。

「どういう契約なのか、下手《へた》に関わると危ねえからって俺にもなにも教えてくれなかった」

予想していた通りの答えに、晴は奥歯を嚙みしめて襲ってくる絶望と戦った。本田が自分のためにした決断を知ったときから、少しでも気を許すと呑み込まれそうになる。だから考えないように麻痺させていた。

「大丈夫か」

鈴木が心配そうに顔をのぞきこんできた。晴は口角《こうかく》をあげてうなずいた。ずきんずきんとこめかみが脈打ち、息が震える。

「大丈夫です」

自暴自棄《じぼうじき》にはならない。絶対にならない。晴はぎゅっと拳《こぶし》を握った。

「すみません、疲れたので今日はもうゆっくりします」

「ひとりで、平気か？」

暗に帰ってほしいと頼むと、鈴木は迷うように晴を眺《なが》めた。

「本田さんの気持ちを無駄にしたりしません」

鈴木をまっすぐ見つめて言うと、ややして「わかった」とうなずいた。鈴木も本田の決断にダメージを受けている。晴と同じように、今まさに本田の不在を思い知らされてきつい思いをしているのが、手に取るようにわかった。

「なんかあったらいつでも連絡してこいよ」

「ありがとうございます」

鈴木がおもちに「またな」と挨拶《あいさつ》をしている。

おもちと玄関まで見送って、ドアが閉まったとたん、足から力が抜けた。

突然へたりこんだ晴に、おもちがその場で一回転した。まるで心配してくれているようだ。

「おもち、——本田さんはどこ？」

我慢できずに口にしてしまったら、こらえきれずに嗚咽《おえつ》が漏れた。

「本田さん、どこに行ったの？」

ぼろぼろ泣きながら、晴は本田の部屋のドアを開けた。

「本田さん」

書斎机とパソコンデスク、キャビネット、ベッド。どれもこれも見慣れたもののはずなのに、きちんと整えられてよそよそしかった。

「本田さん」

どうして呼んでも返事をしてくれないんだろう。

どうして「お帰り」と言って出て来てくれないんだろう。

もう抑《おさ》えきれなくて、晴はその場にうずくまって号泣《ごうきゅう》した。あとからあとから涙が溢れる。

アメリカにいる間は、日本に帰ればまた会える気がしていた。リハビリを頑張ったら、飛行機に乗れる。きっと本田が待っていてくれる。そんな気がして、それに縋《すが》って、考えることを止《や》めていた。

本田さん、と口の中で恋人の名前を呼びながら、晴はふらふら立ち上がった。じっとしていられなくて、キッチン、浴室、自分の部屋と泣きながら歩き、また本田の部屋に戻って泣いた。

うー、うー、と声が勝手に出て、両手で顔を覆《おお》った。

「おもち、本田さんどこ？」

すうっと近づいてきた家電ロボットの前に膝をついて訊いた。おもちはなにも答えない。

半分以上無意識に、晴はモバイルフォンをポケットから出した。鈴木から転送されてきた本田のメッセージをずっと聞けないままでいた。

聞くのが怖い。

でも彼の声を聞きたい。

迷って迷って、とうとうメッセージをタップした。

再生マークがついて、数秒の沈黙のあと、晴さん、と懐かしい声がした。

本田の声だ。

晴は息を止めてモバイルフォンを見つめた。音声だけのメッセージだが、ディスプレイには本田貴之《たかゆき》と名前が表示されている。ぽたぽたと本田の名前に涙が落ちた。


――晴さん、本当のことを言えなくてごめんな。どうしても言えなくて、こんなふうにお別れになってしまってごめん。一生一緒にいようって言ってくれて、嬉しかった。だから俺のこの人生はぜんぶ晴さんのものだ。約束を守れて嬉しい。治療がうまくいって生まれ変わったら、晴さんらしく前に進んでほしい。俺は、晴さんに会えてよかったよ。

音声はたったそれだけで終わった。

「いやだ」

晴はモバイルフォンを握りしめたまま身体を丸めた。

「いやだ、いやだ、いやだ」

どうして気づいてあげられなかったんだろう。思い返せばいくつもヒントはあったのに。

ヒューマノイドという存在は知っていた。でも自分が生まれる前に製造中止になっていたし、セクサロイドは噂半分に耳にしたことがあったくらいだ。

職場の先輩から冗談まじりに教えられて、本田にも話した――機械とセックスするなんてなんだか怖い、と言ってしまった。あの人はどんな気持ちで聞いただろう。

「ごめんなさい」

あの人に会いたい。

もう一度、どうしても会いたい。

長い時間泣いて涙が出なくなると、自分のぜんぶがからっぽになってしまった気がして、晴は床に身体を投げ出した。

そばに落ちていたモバイルフォンが指先に触れた。ぼんやりと手に取り、もう一度本田のメッセージを再生させた。

晴さんに会えてよかった、と本田の声が耳に届く。

もう一度、もう一度、と何度も何度も再生させた。
会いたい。
「本田さん」
もう涙は出ないと思ったのに、やっぱり頬を涙が伝う。
会いたい、会いたい、会いたい。
晴はモバイルフォンを持った手を額《ひたい》に当てた。
きっとなにか方法がある。諦めなければ、きっと。
本田は自分の命を救うためにありとあらゆる方法を探して、実行した。
きっと自分にもできる。
絶対にあの人を見つけ出す。

11

日本での医療フォローは、すでに医療機関同士で調整がついていた。初回診察の日程も決まっていて、社会保障《ソーシャル》カードだけ持って行けばいいと言われ、晴《はる》は電車を乗り継いで指定された総合病院に向かった。

二月も終わりで、晴れた日は空気がほんのり暖かいが、天気が崩れると日中でも底冷《そこび》えがする。

その日は朝から雪がちらついていて、晴は厳重に防寒《ぼうかん》をして出かけた。

総合受付で受診《じゅしん》カードを作り、循環器《じゅんかんき》外来の待合に向かった。建物は比較的新しい。教えられたとおりに外来受付の機械で受診カードをスキャンして、晴はふと担当医師のネームプレートに目をやった。

「え」

西間木《にしまぎ》雄大《ゆうだい》、ともう一度名前を確認する。

義理の兄だ。

最後に会ったのは本田《ほんだ》と一緒に実家に行った、あのときだ。身内らしい身内がいない心細さから連絡してもいいかと尋ねて「用があれば」とシャットアウトされた。

今から考えれば、義父が事故で亡くなったとき、義兄《あに》は今の自分とそう変わらない年齢だった。大人だから、となにもかも任せてしまったが、どれほどの負担だっただろうかと考えると申し訳なく、甘えた考えでいた自分が恥ずかしい。義兄にとって自分は疫病神《やくびょうがみ》のようなものだろう。突き放されて当たり前だ。

今さらどんな顔をして会えばいいのか、と動揺しながらベンチに座り、自分の順番を待った。

それからふと、アメリカの主治医が、日本でのフォローアップは特にこの疾病《しっぺい》に関心のある医師がちょうど日本に帰国したので彼のいる総合病院に繋《つな》ごう、と話していたのを思い出した。

この疾病に関心のある医師……。

晴はネームプレートの義兄の名前に目をやった。

遺伝性はないはずだが、母もこの疾患《しっかん》で亡くなっている。

治したいと思ってくれたのか。

少なくとも、母のことを念頭《ねんとう》に置いてくれていたのではないか。

「西間木さん」

看護師に呼ばれて、どきどきしながら診察室に入った。

しばらくぶりの義兄は、相変わらず針金のように痩《や》せていて、入ってきた晴をちらりと見て軽く会釈《えしゃく》をした。

「これからしばらくあなたのフォローアップを担当します、西間木です」

淡々とした態度に、晴はふっと心が軽くなるのを感じた。ずっと嫌われてさみしいと思っていたが、今は少し違う感慨《かんがい》を抱いていた。

「よろしくお願いします」

晴もただの患者として診察椅子に座って挨拶《あいさつ》をした。義兄がちらっと晴の顔を見た。

「…あちらの疾病センターからのデータは受け取っていますが、こちらでもいくつか検査を受けていただきます」

「はい」

主治医として今後の見通しを話す義兄は、決して愛想《あいそ》はよくないが、過不足のない話しぶりで信頼できそうな医師だった。

「検査が終わったら次回の予約を取ってそのままお帰り下さってけっこうです。もちろんなにかあればいつでも受診してください」

ありがとうございました、と腰を上げると、義兄が「よかったですね」とぽつりと言った。

「この疾患で完治《かんち》という言葉が出るのは、他の患者さんの希望です」

淡々とした言葉が、素直に胸に染《し》みた。

「——ありがとうございます。みなさんのおかげです」

晴は難病支援をしている篤志家《とくしか》の援助で最先端医療を受けることができたということになっていた。

診察室を出て、晴は顔を上げた。

みなさんのおかげです、と言った言葉に嘘はなかった。たくさんの人の世話になった。医療スタッフや鈴木《すずき》にも感謝している。

でもなにより、誰より、本田の献身のおかげで、自分は今ここでこうしている。

だからきっとあの人を見つけ出す。

改めて強く心に決め、晴は歩きだした。

ニュースサイトや動画のアーカイブで、ヒューマノイドに関する情報を集められるだけ集めた。

晴の記憶にはなかったが、十五年ほど前まではごくたまにセクサロイドが市民の通報で発見・捕捉《ほそく》されたというニュースが出ている。さらに遡《さかのぼ》るとセクサロイドに対する偏見《へんけん》に満ちた特集や、通報を呼びかけるていのセンセーショナルな記事も見つかった。社会に紛《まぎ》れて暮らしているのがただのヒューマノイドだったら、あるいは人々の受け止め方も違ったかもしれない。

ＰＶ数稼《かせ》ぎとしか思えない動画や配信記事には彼らの乱交や激しいセックスを盗撮《とうさつ》したものが多数あり、そういうものを目にするとどうしても嫌悪《けんお》や恐れを感じてしまう。

本田や鈴木を知らなければ、晴も同じだったかもしれない。げんに「機械とセックスするなんて」と口にしてしまった。

ヒューマノイド規制が始まるきっかけになったという廃棄処分の動画も見た。

無抵抗で泣きながら押しつぶされるヒューマノイドたちの姿に、晴は息が止まりそうになった。

これを見て、どうして彼らを救おうとせず逆に管理廃棄しようとしたのか理解できない。セクサロイドに対する偏見はわからなくもないが、ヒューマノイドは家事支援や看護保育を担《にな》っていたのだ。

「昨日までただの人形だと思ってたものが、突然自分の意思を持って動きだしたら、そりゃなんか怖《こえ》えと思うんじゃねーの？」

その日も鈴木は目深《まぶか》にキャップをかぶり、長い手足を隠すようなぐしゃっとした服を着ていた。今になってどうして本田が眼鏡が好きで、人の多いところを避けていたのか理解できた。外見には一切気を遣わないのに伊達《だて》眼鏡をコレクションしていたり、話好きなのに人の多いところは避けたり、なんだかアンバランスだな、と感じてはいた。

三月に入ったもののまだ風は冷たく、病院のそばにある公園は犬を散歩させている人がちらほらいるだけだった。天気はいい。午後になれば人も増えてきそうだ。今日は晴の定期検査の日で、それならついでにちょっと会おう、ということになった。鈴木はホットコーヒーの缶を両手で包むようにして飲んでいる。病棟《びょうとう》の中にはカフェも談話室もあるが、ヒューマノイドにとって病院は鬼門《きもん》だからできれば近寄りたくない、と言われた。

ずっと病院のベッドで付き添ってくれていた本田を思い出し、今さらどれほど自分が愛されていたのか思い知った。

「晴さんだって、おもちが突然自分の意思を持って動きだしたら怖くなって反射的に電源切るんじゃねーの？」

「……そんなことは……」

「あるだろ？」

「うう…、あるかも…」

想像して正直にうなずくと、鈴木ははっと笑ってベンチに背中を預けた。

「しょうがねーよ。それが自然な防御反応だ」

「でも、僕はおもちを廃棄処分にしたりはしませんよ」

それだって人の自然な感情だ。ただのロボットだとしても、人は愛着を持つし特別な感情を抱く。鈴木に対しても、知った瞬間はたじろいだが、すぐに以前と同じ感覚でつき合えた。中身が機械でも、時間をかけて培《つちか》ってきた関係性が変わったりはしない。

「それで、その金丸《かなまる》って技師の人はなにか教えてくれましたか？」

晴は気を取り直して訊いた。

鈴木は最初、晴がどんなに頼んでも「本田はそんなこと望んでない」の一点張りで、なにも教えてくれようとはしなかった。そもそも鈴木にも詳細は一切知らされていなかった。

「もし本田を見つけても、もうあいつは記憶を消去されてて晴さんのことは覚えてねえよ。見つけたってショック受けるだけだ。それよりあいつは晴さんに幸せになってほしいんだ」

俺たちがなにより大事にしてるのは本人の意思なんだ、と鈴木は言った。

もしそれが望ましいことではなくても、本人が決めたことなら尊重する。

それが彼らの大事な価値観なのだということは、晴にもなんとなくわかった。

「でも僕は、本田さんが今どうしているかだけでも知りたいんです」

ヒューマノイドのことを調べている過程で、セクサロイドが加虐《かぎゃく》趣味の保有者にどんな目に遭《あ》わされているかを詳細にレポートした記事を見つけた。煽情的《せんじょうてき》な内容は信憑性《しんぴょうせい》に乏《とぼ》しかったが、四肢《しし》切断や激しい拷問《ごうもん》の描写に晴は凍り付いた。

「それでもし本田が酷《ひど》い目に遭ってたら助けるのか？　どうやって？　俺たちが逃げ出してた時代と違って、今はマスターも厳重に監視してんだ。なんならいちいち機能停止にして鍵のついたクロゼットに保管してるかもしれねえ。どんなに劣化《れっか》しようが逃げられるよりましだろうからな」

セクサロイドに自意識が芽生《めば》えることがわかってきても、当初はマスターの命令に従《したが》うように設定しさえすれば逃亡の恐れなどなかった。だから保有者も油断をしたし、その隙をついて逃げることもできた。

「基本設計で、俺たちは人に害を加えることができない。晴さんにはわかんねーだろうけど、罪悪感のもっとすごい圧力がかかんの。悪態《あくたい》ついたりちょっと殴ったりはできるけど、それ以上は無理なんだ。だから基本、油断してるすきをついて逃げるしかできない。それもいいマスターに当たったって大事に愛されてりゃ逃げたいって気持ちにもならねえし」

「それならそれでいいんです。ただ本田さんがどうしているのかだけ知りたい」

鈴木も本心では本田の行方が気にはなっていたらしく、結局「心当たりがなくもない」と動いてくれた。

「俺たちのメンテ担当、ロボットおたくの研究者なんだ。マニアの繋《つな》がりってすげえから、そっちからなにか引っ掛かるかもしれねえ」

金丸というその技術者も本田の決断を知るとショックを受けて、案外すんなり調べてくれることになった。

「金丸さん、でしたっけ。どうでした？」

「それが、まったくの空振《からぶ》りだった」

鈴木が空《から》になったコーヒーの缶を自販機のダストボックスにシュートした。

「空振り？」

缶がダストボックスのふちに当たって外に落ちた。鈴木がちっと舌打ちをしてベンチから腰を上げる。

「セクサロイドを買ったら、使う前にまず調整をするんだ。マスターの命令に従うこととか、ヒューマノイドの一般的な設定は誰でもできるけど、セクサロイドはヒューマノイドより造りが複雑だから、下手にいじると全部に影響がでんだよ。だからセクサロイド構造に精通してる技術者に細かい部分までいじってもらう。マスターのその、いろんな好みに合わせるように」

「好み…、ああ、そ、そういう」

ちょっと考えて、晴は恥ずかしくなって頬をこすった。鈴木は缶をダストボックスに入れるとベンチに戻ってきた。

「けど、金丸が言うには、最近そういう調整の話は出てないらしいんだ。もちろんやつの知らない技術者だっているだろうし、海外まで出てる可能性もある。けど、技術者同士でやりとりするチャットで検索かけたらおおよそわかるみたいなんだよな。もうセクサロイドは製造中止になってるから絶対数が減る一方だろ？　調整の話が出たらぜったいに引っ掛かるって」

「じゃあ、本田さんは…？」

「セクサロイドとして使う気がないマスターに買われたんじゃないかって」

鈴木は半信半疑の様子で首をひねった。

「まあ、ヒューマノイドとして家事させたりはできるだろうけど、そんな、普通に人雇《やと》えば済むことであんな馬鹿高い買い物するかよって、思うよな？」

「そうですね…」

「売買するのだってリスクあるしなあ」

もちろん金丸というその技術者の調べられる範囲での話だが、こと特殊な世界で繋がる技術者同士のネットワークは、かなり隅々まで張り巡らされているらしい。

「あとは実際に売買に関わった連中にあたるしかねーけど、俺は無理だし、晴さんも無理だ。危なすぎる」

そもそも晴にはどこにも糸口がない。

「このニュースサイトのほうを当たってみようと思います。古いアーカイブですけど、当時ヒューマノイドの取材をしていた記者さんを見つけられたらそこからなにかわかるかもしれないし」

そうだな、と鈴木が気のない返事をしたのは無駄だと思っているからだろう。晴も可能性は限りなくゼロだと思ってはいる。でもなにかせずにはいられなかった。

「で、体調はどうよ？」

「おかげさまで」

木々の向こうに病棟が見える。そろそろ二週間に一回の定期診察の時間だ。

「半年過ぎるまではデータをとる意味もあって経過観察なんですけど、問題なければそれで終了です。主治医はまず大丈夫だろうって」

「そっか」

本田の献身を無駄にせずに済んだのは大きな救いだ。

それにしても人の縁というのは不思議だ。今さら義兄と定期的に顔を合わせることになるとは思ってもみなかった。義兄は相変わらず淡々としているが、それが逆に晴にはありがたかった。さまざまなことが一段落すればまた看護師として働くつもりだが、この経験は看護師としてプラスになったはずだと思う。そうでありたい。

「じゃあまたな」

「はい。ありがとうございました」

——本当に、人の縁というのは不思議だ。

ベンチから腰をあげかけたとき、向こうから車椅子を押して歩いてくる長身の男が目に入った。先に歩き出そうとしていた鈴木も足を止めた。

春先の、まだ少し冷たい日差しがその人の肩を淡く照らしている。

最初は他人の空似だと思った。次に自分の願望がそう見せているのだろうと思った。

三十代前半、アジア系男性。

黒眼、黒髪、長身でやや筋肉質。

右の目元にほくろがあり、少々口が大きすぎるが、充分男前だ。

「寒くない？」

男が車椅子の女性に優しく声をかけた。男よりだいぶ年上のようだが、品のある女性だ。

「ええ、だいじょうぶ」

完全に固まっている晴と鈴木にふと目をやり、男は一瞬足を止めそうになった。

本田さん、と名前を呼んだつもりだったが声にならなかった。本田は訝《いぶか》しげに晴を見つめたが、すぐにこっとして会釈《えしゃく》した。が、それだけでまた歩き出した。

「こんにちは」

車椅子の女性が晴と鈴木に声をかけた。本田に気を取られ、晴はうわずった声で「こんにちは」と返すので精一杯だった。

「あの」

「だめだ」

行き過ぎる本田を思わず呼び止めようとして、鈴木に制された。

「でも」

「待てって」

衝撃のあとから混乱が訪れた。遊歩道をゆっくり進みながら本田が「そろそろ帰らないと」と女性に話しかけているのが聞こえる。

「勝手に抜け出したってばれたら俺が怒られるんだからな」

「あらぁ、三角《みすみ》君が桜のつぼみそろそろついてるかなって言ったんでしょ」

仲良く話をしながら二人が遠ざかっていく。

本当に、記憶を消去されている。

なにか考える前に晴はふらふらと二人のあとをつけていた。鈴木が無言で横に並ぶ。

もしかして、と思ったとおり、二人はそのまま駐車場の横のスロープから病院の敷地に入って行った。ずきん、ずきんとこめかみが脈を打つ。強いショックがおさまると、晴は本田に飛びつきたい衝動を必死で抑えた。

本田さんだ。

いつも伊達眼鏡をかけ、前髪で顔を隠すようにしていたのに、すっきりと額《ひたい》を見せている。

着ているチャコールグレイのセーターや凝《こ》った織《おり》のパンツもスタイリッシュで、似合いすぎるほど似合っていた。二人は検査棟の脇道を通って病棟の中に入った。

「信じられねえ」

横で鈴木が怒りを押し殺した声で呟いた。

「病院で付き添いさせるマスターがいるのか？　違法組織から買ったはずなのに、あの女、なに考えてるんだ？」

通り過ぎる看護師ににこやかに挨拶をして、本田は車椅子を押して渡り廊下のほうに向かった。その先は一般病棟とは区画分けされている。

これより先は関係者以外立ち入り禁止です、というプレートの前で晴は足を止めた。両脇を綺麗に磨《みが》かれたガラスで挟まれた美しい廊下は、端に警備員が立っている。

「この先って、なんなんだ？」

「ここの特別病棟だと思います」

晴は車椅子を押す本田の後姿をひたすら見つめた。

「特別病棟？」

「僕が勤務していたクリニックでも、特にプライベートを守る必要のある患者さん専用のエリアがあって…、要するにＶＩＰ専用病棟です」

「そっか。なるほどな」

鈴木が嫌そうに呟いた。セクサロイドを所有している事実から考えても、普通の人のはずがない。

廊下の角を曲がって、本田の姿が見えなくなった。警備員が立ち尽くしている晴と鈴木に気づいてこっちに近づいてくる。とっさに踵《きびす》を返した。

「にしても、驚いたな」

受付ロビーまで引き返し、鈴木がまだ興奮の冷めない声で呟《つぶや》いた。

「そういや、前に身寄りのない資産家が疑似《ぎじ》家族としてセクサロイドを買う、って聞いたことあったわ。一代で財産築いたみたいな人間だと、金目当てで人が寄ってくるからな」

少なくとも晴が一番恐れていた極端な性癖を持つ所有者に苦しめられているということはなさそうだ。

それでも晴は安心できなかった。

本当に資産家の無聊《ぶりょう》を慰《なぐさ》めるためだけに買われたのか、彼が置かれている立場を正確に知りたい。この先も彼がちゃんと保護され、大切に扱われるのか確認したかった。

なにより、もう一度本田と言葉を交わしたい。

車椅子を押していた本田の姿が頭から離れず、どうにか彼に接近する方法はないかと、晴は必死で考えていた。

12

特別病棟は、まるで別荘のような豪華さだった。

晴《はる》が以前勤めていたクリニックのＶＩＰエリアは入院棟の最上階で、一室のスペースが広く、応接セットのほかにトイレやシャワーがついていたが、特別なのはそれくらいだった。

この病院の特別病棟は一室一室が完全に独立しており、バストイレはもちろん、付き添い人のための個室まで用意されている。内装も豪華で、地位のある人間のためというより、海外富《ふ》裕層《ゆうそう》の医療ツーリズムを念頭《ねんとう》に置いているようだった。実際、塞《ふさ》がっている六室は一室を除いてすべてがアジアと中東からの外国人患者が利用しており、日本人は本田《ほんだ》が車椅子を押していたあの女性だけだった。秋月紗江《あきづきさえ》、と晴は彼女の病室のネームプレートを凝視《ぎょうし》した。

病院での清掃業務は廃棄物に注意が必要だったりで特別なガイドラインがある。晴は看護師というアドバンテージがあってすんなり採用され、さらに特別病棟に回してもらうことに成功した。

本田と邂逅《かいこう》した翌週には採用されていて、鈴木《すずき》に「晴さんの行動力やべえな」と驚愕《きょうがく》されたが、晴は本当に本田のことになると自分でも驚くほど思い切ったことができてしまう。もし義《あ》兄《に》に見つかったときには「リハビリのつもりでアルバイトをしている」と説明しようと考えていた。が、広い総合病院で今のところその心配はなさそうだ。

本田は「三角彰《みすみあきら》」という名前で、車椅子の女性の遠縁ということになっていた。

「遠縁なの、って看護師さんに言ってるの聞いたけど、年齢離れてるし、ほんとどういう関係なのかしらねー」

特別病棟の清掃スタッフは四十代の女性二名で、月末に一人が辞めることになっていた。簡単な引き継ぎのあと休憩室で雑談になり、晴はさりげなく本田と女性の素性を聞き出した。

どこの職場でも清掃スタッフは社内の人間関係に精通していると聞くが、病院でもそれは同じようだ。

秋月紗江は資産家の一人娘で、早くに両親を亡くして莫大《ばくだい》な遺産を相続したらしい。免疫《めんえき》系の慢性疾患《まんせいしっかん》を患《わずら》ってはいるが、さして深刻な病状でもなく、関節痛がひどくなると入院して、軽快《けいかい》すると退院するのを繰り返していた。いつもは関連の別病院にかかっているが、気に入りの特別室が空いておらず、仕方なくこちらに入ったらしい。

「こういう人、ひと月くらいリハビリとかして、そろそろ帰ろうかなあって退院するのよね。別宅かなにかだと思ってるんじゃない？」

「こんなとこで働いてると、ほんとお金ってあるところにはあるんだなって変に感動するわよねぇ」

実際、渡り廊下で繋《つな》がった病室は、一室一室がまるで高級リゾートホテルのコテージのようだった。晴も素晴らしい医療施設で治療を受けたが、ここはリラクゼーションの意味合いのほうが強そうだ。

初日、晴は研修も兼ねてもう一人のスタッフについて清掃作業をした。午前中は廊下と共用スペースの清掃、昼から患者の検査やリハビリの予定に合わせて病室内の清掃をする。

「あらぁ、新しい人?」

秋月紗江の病室は、特別病棟の中でも一番スペースが広かった。

開け放しになっていたスライドドアから中に入ると、いきなりほがらかな声に迎えられた。

車椅子に乗った女性がハンドリムを操作してするっと近寄ってくる。

「はい、今日からこちらの病棟清掃を担当する西間木《にしまぎ》です」

先輩スタッフが紹介してくれ、晴はどきどきしながら「西間木です」と頭を下げた。

「よろしくね」

公園ですれ違ったときは本田との邂逅に驚きすぎて、彼女のほうにはあまり注意を向けていなかった。秋月は五十代後半だと聞いたが、とてもそんな年には見えない。個性的な美人で、耳のあたりで切りそろえた髪やきゅっと吊り上がった眉がいかにも勝気そうだ。彼女のほうでも公園で挨拶《あいさつ》を交わしたことなど覚えていないようだ。

「三角君、ねえ新しい人よ」

「ああ?」

奥の個室から長身の男が出てきた。心臓が止まりそうになった。本田だ。

「に、にしまぎ、です」

声が震えそうになって咳払《せきばら》いでごまかした。本田はふと晴を見つめた。

「にしまぎ」

「変わった名前ね」

本田は晴をじっと見つめ、なにかを確かめるようにかすかに唇を動かした。

「では清掃させていただきます」

先輩に促《うなが》され、晴は慌てて一礼すると、用具入れのカートに手を伸ばした。

病床《びょうしょう》回りの衛生管理は看護師の責任で、それ以外が外部清掃員の仕事だ。カーペット部分と水回り、付き添い用の個室などを決められた手順で清掃する。

晴は激しい動悸《どうき》に耐えながらカートを押して先輩のあとに続いた。

本田はやはり記憶をリセットされている。

でも、歩き方や話しぶり、ちょっとした身のこなしは変わらない。あの人だった。そっと振り返ると、本田は突っ立ったままこちらを見ていた。晴が振り返ったのにびっくりしたように瞬《まばた》きをして、かすかに首を傾《かし》げた。――覚えてないのに、覚えている。嬉しいのか悲しいのかわからず、晴はただ涙が出そうになるのを必死でこらえた。

「三角君、少し散歩しましょうよ。天気よさそうだし」

本田が秋月に呼ばれてそっちに行った。

あの人はもう「三角彰」になっている。でも違う。本田さんだ。

「今日は中庭一周かな」

「外の公園の桜見に行かない？」

「だめだって」

気安い会話を聞きたくなくて、晴は口の中で小さく「本田さん」と名前を呼んだ。


「西間木君ってさ、掃除丁寧だね」

本田がすぐそばでしゃがみこんでいる。

「そ、そうですか？」

晴はやみくもにハンディブラシで浴室の床を擦《こす》り、洗剤を泡立てた。

清掃スタッフとして通うようになって三日目、一人で秋月の病室清掃をしていると本田がのこのこやってきて話しかけてきた。内容は他愛《たわい》のないことばかりだ。

話好きなのも以前と変わらないんだな、と思うと泣きたい気持ちとおかしい気持ちが半々で、晴はいっぱいいっぱいになってしまった。

「うん。プロにこんなこと言うの失礼かもだけど、見てて気持ちいいよ。なんかね、ブラシしゃっしゃってやる音聞いてたら懐かしいような気がして」

本田と親しくなったのは、彼に一目惚れをして配送に行き、流れで掃除のバイトをさせてもらえることになったのがきっかけだった。あのころも、本田は晴のブラシの音を聞くと気分がいいと言っていた。

「なんか顔赤いけど、もしかして暑い？」

「あっ、は、はい。少しだけ」

本田は本当に晴のことは覚えていない。それなのに中身は以前のままで、晴は激しく動揺した。

「そっか。ちょっと待ってて」

すっと立ち上がってどこかに行ったと思ったらすぐ戻ってきてソーダ飲料のボトルを差し出した。

「はい、どうぞ」

「あ、りがとうございます」

「飲まないの？」

「休憩時間に頂きます。今は仕事中なので」

「あー、そうか。休憩っていつ？」

「今日は十二時から一時までです」

「じゃあ一緒に昼ごはん食べない？　今日秋月さんは人形友達がお見舞いに来てて、俺ひとりなんだ」

秋月は、その世界では有名な人形愛好家であり、コレクターでもあった。

彼女の私設《しせつ》ミュージアムには莫大な資金がつぎ込まれていて、晴はサイトにアクセスし、その中に機能停止したヒューマノイドを見つけた。秋月が幼いころにはまだ富裕層の間で家事支援ヒューマノイドを所持することは普通に行われていて、ミュージアムに陳列《ちんれつ》しているものは幼い彼女の身の回りの世話をしてくれていた個体だという説明が入っていた。家政婦のイメージ通りの中年女性を模しており、セクサロイドほどではないものの、人と見間違ってしまいそうなほど精巧《せいこう》に作られている。

秋月がなぜ本田を買ったのか、その理由がおぼろげにわかった気がした。

同時に秋月に対して強い疑念を抱いた。確かに対等に接してはいるが、彼女は本田を大切に思っていないのではないか。

違法売買で手に入れた以上、所有者登録はできない。本田は存在そのものが違法になる。多少のことは財力でどうにでもなるのだろうが、本当に大事にしているのなら、こんなふうにおおっぴらに人前に出したりはしないはずだ。医療関係者には特に気を付けなくてはならないのに、と鈴木も腹を立てていた。本田は晴に対してもなんの警戒心も持たずに接してくる。マスターから注意を受けていないからだ。

「西間木君、中央棟のカフェテリアって行ったことある？　あそこで食おうよ」

本田はあくまでもほがらかに誘ってくる。

「いいんですか…？」

「もちろんいいよ」

本田は人の多いところは苦手だ、といってデートするときも人の少ないところばかり選んでいた。いつも伊達《だて》眼鏡をかけ、髪もセットしたりはしなかった。一度、義兄に呼ばれて実家に一緒に行くことになり、あの日だけはきちんと身だしなみを整えてきてくれた。ちゃんとしたら本田さんはこんなに格好いいんだ、とびっくりしたのを思い出す。

秋月の好みなのか、本田はいつもずいぶん垢《あか》ぬけた服を着ている。髪もすっきり整えて、歩いているだけで人目を引きそうだ。

病院というリスクの高い場所で、まったくのノーガードでいさせる秋月に、晴は不信を抱かざるを得なかった。

「ねえ、俺もそれ、手伝おうか」

本田がいきなりシャツの袖《そで》をまくりだした。

「そんな、だめですよ」

「俺どうせ暇だし、西間木君としゃべりながら一緒に掃除したい。いいだろ？」

屈託《くったく》のない本田の笑顔に、晴はとっさに目を逸《そ》らした。

セクサロイドだと知っても、やはり彼が好きだ。

顔も声も好きだけれど、彼の笑いかた、話しかたが好きだ。明るくて、おしゃべりで、ちょっとせっかちで、そして晴のことを深く愛してくれた。

今でも好きだ。どうしようもなく好きだ。

「西間木君、何にする？」

昼休憩の時間になって、約束通り一緒にカフェに行った。

外来エリアにあるイタリアン風のカフェは、シックな内装でゆったり落ち着ける雰囲気だった。ただしメニューは病院内飲食店にありがちなコンセプト不明なラインナップで、うどんと蕎麦《そば》の隣にパンケーキセットが並んでいたりする。

「ファミレス以上のバラエティだ」

「本当ですね」

コーナーのソファ席が空《あ》いていたのでそこを選んで、本田は自然に晴を奥のほうに座らせてくれた。そんなささいなことでも「やっぱり本田さんだ」と胸がいっぱいになってしまう。

「西間木君、下の名前はなに？」

それぞれランチセットを注文して、本田が水を飲みながらなにげなく訊いた。

「晴です。西間木晴」

「晴さんか」

懐かしい呼びかたに、また心臓が縮《ちぢ》みあがった。

「どうしたの?」

「いえ。あの…三角、さんはお仕事とかってなにをされてるんですか?」

本当は、なにより秋月との関係を訊きたかった。同性を抱く性志向に初期設定されてはいるが、本田は調整すれば女性とも性交渉できると聞いた。ただしその調整はかなり腕のいいエンジニアでないとできないし、金丸《かなまる》というかつての担当技師が調べた範囲ではなさそうだ、という話だった。晴から見ても、二人の間に性的なものは感じない。

「秋月さんの付き添いだよ」

本田はなにを今さら? というように答えた。

「遠縁のかただって…」

「うん。それで付き添いしてる。秋月さんの身の回りのことといろいろして、秘書みたいなものかな」

本田は常に秋月に優しい。かいがいしく世話を焼き、細やかな気遣いをする。その上で会話はまったくの対等で、ただの付き添いとは思えなかった。本田自身が自分をどう位置づけて考えているのか、それを知りたい。

「西間木君のこと、晴さんって呼んでもいい?」

本田があくまでも快活に訊ねた。どう質問したら、と考えていた晴は、不意打ちにうろたえた。

「――」

「あれ、だめだった？」

「いえ。う、嬉しいです…なんだかし、親しみが、あって」

これと同じ会話をしたことがある。

本田の記憶チップにはもうそんな過去など残っていないのだろうが、それでも同じことをなぞっている自分たちに、晴は涙がこみあげてきて困った。

「どうかしたの？」

「いえ、あの…ちょっと寝不足で」

あくびをしたのだとごまかして、晴は指先で目をこすった。本田は「俺も消灯早すぎて逆に夜更《よふ》かししちゃうよ」と今見ているという海外の連続ドラマの話を始めた。明るくて、楽しくて、本田の話を聞くのが晴は本当に好きだった。

「あ、晴さんのが先に来たね」

注文していたランチセットが運ばれてきた。

「――なんか、『晴さん』って呼ぶと、懐かしいような変な感じがするな」

本田のつぶやきに、晴はうつむいて動揺をやりすごした。

「ずっと前にも呼んでたみたいな……」

晴は思い切って顔をあげた。まともに視線を合わせると、本田がじっと見つめてくる。

「晴さんの眉…ちょっと下がってて可愛いね」

「そんなこと言うの、本田さんだけですよ」

我慢できなくなって、晴はぶつけるように本田、と呼んだ。三角と名乗っている男はえ？と目を見開いた。

「ごめんなさい、間違えました」

「いや…」

記憶を消去されていても、懐かしさは感じるものなのだろうか。彼の記憶のメカニズムは人のものですらない。晴には想像することもできなかった。

記憶をリセットされてから秋月に買われ、今彼が自分の置かれている立場や状況をどんなふうに捉えているのか、なによりそれを知りたかった。でもどう切り出して、どんなふうに訊けばいいのかぜんぜんわからない。

「あらぁ」

結局なにも聞けないままランチを済ませてカフェを出ると、思いがけず秋月と行き合った。

一人で電動のハンドリムを操作している。

「もうお友達、帰ったんだ？」

さっそく本田が近寄って行く。

「そうなの。今から用事があるって、ランチだけで帰っちゃった」

本田は自然に秋月の肩掛けを直してやり、背後に回ってグリップを握った。

「西間木君と一緒だったの？」

「うん、一人でつまんないから誘ったんだよ」

「ご馳走《ちそう》になってしまって、ありがとうございました」

俺が誘ったんだから、と晴のぶんまで支払う本田の仕草があまりにも昔のままで、つい甘えたくなってしまった。

「とんでもない。またつき合ってよね」

行こうとしたとき、秋月が膝に置いていたお見舞いらしい小さなブーケを落とした。

「あら、ごめんなさい」

晴の足元に落ちたので拾おうとしたが、その前に本田が拾い上げて秋月に手渡した。

「三角さん、優しいですね」

「そうなの」

秋月が悪戯《いたずら》っぽく笑った。

「そういうふうに『操作』してるのよ」

ただの冗談に聞こえるが、本当に彼女が「操作」していることを晴は知っている。

秋月がなにか含みのある表情で晴を見た。

じゃあまたね、と本田はにこっとして車椅子を押して歩き出した。

晴はその場に立ち尽くし、秋月の言った「操作」という言葉をずっと考えていた。セクサロイドはマスターに献身《けんしん》するように設定できる。一方で本田にはもう自意識が育っている。確固とした自分の意思を持ってしまったセクサロイドは、時間とともに意思が設定を凌駕《りょうが》するのだと聞いた。

本田は秋月といい関係を築いているように見える。それが現時点では「操作」だとしても、本田が秋月との関係に満足しているのなら、自分が割り込む権利などない。

ただ、秋月が本田を保護しようとする様子がないことが晴には気がかりだった。

彼女は本田を大切に思ってくれているのだろうか。

さっきの含みのある目つきも気になる。自分が疑いの目で見ているから、そう感じただけだろうか。

確かに自分は嫉妬している。

本田に優しくされている秋月に、本田を独占している彼女に、自分は強く嫉妬している。

晴さんの番だよ、と腕をつつかれて、考え事をしていた晴ははっとした。

「ほらほら、今度こそ俺の勝ちだね？」

本田が満面の笑みで腕組みをした。目はテーブルの上のゲーム盤《ばん》にやっている。

晴が清掃業務にもぐりこみ、二週間が過ぎた。昼休憩に本田と過ごすのはもう恒例になりつつあった。秋月の付き添い人用の個室はちょっとしたワンルームほどの広さがある。冷蔵庫とミニキッチン、トイレとシャワーのユニットまで揃っていて、晴はこのところ昼休みは本田とボードゲームをして過ごしていた。

秋月の付き添いといっても、リハビリ室や診察室まで送迎《そうげい》するくらいで、本田はいつも暇そうだった。眠る必要もないので、時間を持て余しているのであろうことは想像がつく。晴を見つけるといそいそ近寄ってきて、仕事中でもあれこれ話しかけてくる本田に、もう一人の清掃スタッフは「あれは西間木君のストーカーだね」と揶揄《やゆ》していた。

秋月はこのところ午後はずっとリハビリで、そのあと仲良くなった他の患者とお茶をしたりするので本田はさらに暇そうだった。

「本田さん、オセロしませんか」

いつも昼休憩にはランチに行こうと誘われていたが、すっかり垢ぬけて人目をひくようになった本田と院内をうろうろするのが不安で、晴は彼の付き添い人用の個室にこもれるように誘導した。思ったとおり、本田はすっかりボードゲームにはまって「晴さん、サンドイッチ買ったから食べながらやろう」と言うようになった。

負けると本気で悔しがり、もう一回、と食い下がる。

二人きりでボードゲームをしていると、つい誘惑に負けそうになる。

かつてのことを話してしまおうか。

自分たちは愛し合っていたのだと、今でも自分は愛しているのだと、本田に話してしまおうか。

秋月の病状は落ち着いてきていて、リハビリも順調だ。彼女が退院してしまったら、きっともうこんなふうに会えるチャンスなどない。

鈴木には「危ないまねはするな」と忠告されていた。病院は苦手なはずなのに二回ほど本田の様子を見に来て、本田は少なくとも今は平穏に過ごしているし、秋月は確かに不用心だが、それだけ本田を保護できる自信があるのだろうからこのままにするのが一番だ、と晴を説得した。

「晴さんの気持ちはわかるけど、本田は自分の意思で決断したんだ。自分のことは忘れて新しくやりなおしてくれ、それで幸せになってほしいっていうのがやつの望みだろ」

鈴木の言うとおりだ。

でも晴は引き下がれないでいる。どうしても、諦められない。

秋月は、今日は院内の美容室に行っているのだと聞いた。もしかすると退院が近いのかもしれない。退院後はしばらく東欧《とうおう》の別宅で過ごすつもりだと耳にした。もちろん本田も帯同《たいどう》するだろう。

どうにか彼とのつながりを維持《いじ》できないか、晴はそればかり考えていた。連絡先の交換くらいはきっとできる。でも一方的に切られてしまえばそれきりだ。

「晴さんの番だよ」

本田がうきうきと晴を促した。勝利を確信している子どもっぽい表情に、また懐かしさがこみあげてくる。

「あれっ？」

晴が駒《こま》を置くと、本田が素《す》っ頓狂《とんきょう》な声をあげた。

オセロの次に、晴は昔自分が誕生日にプレゼントした陣取《じんと》り系のボードゲームを持ち込んだ。モザイク模様が綺麗で気に入っていたゲームだ。

本田は性格が素直なせいかこうしたボードゲームが弱い。ちょっとしたひっかけにすぐ乗っかり、裏をかかれて自滅《じめつ》する。晴が狙っていた陣地を取ると盤上の局面が一気に変わって本田が「えええっ」と目を剥《む》いた。

「三角さん、前もこれで引っ掛かったでしょ」

「あー、えー、そっかー。あれれ？」

本田が苦し紛《まぎ》れにひとつ駒を置き、晴は次の一手でさらに陣地を奪った。

「あぁー」

勝負がついた。本田が肩を落とし、あまりにがっかりしているので、晴はつい「すみません」

と謝ってしまった。

「晴さん、そこで謝るの止《や》めてくれる？　よけいに悔しくなるんだけど」

「あっ、そうでした。すみません」

これも毎回のやりとりで、一緒に笑った。笑いながら、本田が何かを問いかけるようにじっと晴を見つめた。

最近、本田はときどきこんなふうに晴を見つめる。君は誰だ、と訊かれている気がする。そのたびに打ち明けてしまいたい欲求に負けそうになった。

「はぁーるーさぁーん」

だめだ、と晴が目を逸らすと、本田が歌うように名前を呼んだ。

弱いくせにゲームが好きな本田は負けず嫌いで「もう一回だけ！」を連発して食い下がる。

「晴さん、あと一回！」

内心の葛藤《かっとう》を隠して、晴は笑って立ち上がった。

「だめですよ、もうそろそろ片づけないと」

「掃除、俺も手伝うから」

「そういう問題じゃないですって」

格好いい大人なのに、こういうときは本当に子どもっぽくて、晴はそれも好きだった。

「晴さん、はるさーん」

一緒に暮らしていたころも、同じようなやり取りを何回もした。もう一回だけ、と食い下がりながら、本田はじゃれるようにキスしてきて、そのまま抱きしめあい、ベッドにもつれこんだ。記憶が甘く胸をしめつける。

「…晴さん」

ふと本田の声が甘くなった。

どきっとして、思わず身体が固くなる。晴の反応に、本田もつられるように緊張するのがわかった。さらに今、自分が晴の名前を呼んだ声の甘さにも驚いている。

どうして、と戸惑い、本田は自分の喉《のど》のあたりを触った。

「――」

視線が絡《から》み合い、晴は強引に過去に連れ戻されて行くような、不思議な錯覚《さっかく》にとらわれていた。

「…晴さん」

本田が手を伸ばして晴の腕をつかんだ。

その動きの迷いのなさに、晴は息を呑んだ。ここにこんなふうに晴の腕があると身体が知っている、というような――そんな動きで引き寄せられて、晴は既視感に急に足から力が抜けた。

本田がとっさに晴の背中を支えた。

「あ」

肩甲骨《けんこうこつ》に感じる大きな手の感触も、背中が知っている。本田も同じことを感じている。どうして、と戸惑い、でも身体は当たり前のように動いて晴を支えた。

「――」

見つめ合ったら、もうだめだった。

どちらからともなく、顔を寄せた。

唇が触れ合った瞬間、晴の中で何かが弾《はじ》けた。

離れたくない。

絶対に嫌だ。

「本田さん」

目の奥が熱くなり、晴は夢中で本田にしがみついた。奪い合うように口づけ、舌を求めあい、互いの身体を手のひらで味わった。激しいキスに全身が熱くなる。わかるはずだ。何度も何度も繰り返したのだと、本田にも絶対にわかるはずだ。

「本田さん」

唇を離すと、唾液《だえき》が細く糸を引いた。

「本田……？」

「あなたは、僕の恋人だった。本田貴之《たかゆき》って名乗ってた」

本田の肩がびくっと跳ねた。

「もう記憶を消去されてしまって、ぜんぜん覚えてないでしょう？　でも、そうなんです」

本田の腕は晴を覚えている。手も、唇も、覚えている。

「あなたは、僕を助けてくれた」

奔流《ほんりゅう》のように押し寄せてくるもので声が詰まった。本田はひたすら晴を見つめている。驚きより、どこかで納得しているようなその表情に、晴はポケットからモバイルフォンを出した。

涙が止まらなくなってしまったが、もうどうでもよかった。

「あなたが僕に残してくれた音声です」

画面に涙がぽたぽた落ちた。指先で再生をタップする。晴の背中に回していた手に力がこもった。


——晴さん、本当のことを言えなくてごめんな。どうしても言えなくて、こんなふうにお別れになってしまってごめん。一生一緒にいようって言ってくれて、嬉しかった。だから俺のこの人生はぜんぶ晴さんのものだ。約束を守れて嬉しい。治療がうまくいって生まれ変わったら、晴さんらしく前に進んでほしい。俺は、晴さんに会えてよかったよ。


何回も何回も再生させたメッセージを、本田は驚いた顔で聞いている。

「これは…」

「去年の一月に、僕は難しい病気で倒れてしまって、――あなたは僕の治療費のために、……」

そこから先は、どうしても口にできなかった。絶句している晴に、本田は目を見開いていた。

驚いてはいるが、どこかで予感していたようにも見える。晴は手の甲で目を拭《ぬぐ》って顔を上げた。

「あなたはもう僕のこと忘れてしまってるし、今は秋月さんのことをなにより大事に思ってるのかもしれない。信頼している人からも、余計なことはしないほうがいいって言われました。でも…、でもどうしても、僕は――あなたのことが、すき、好きで……」

打ち明けてしまったら、もう止まらなかった。

「今でも好きなんです。どうしても諦められないんです」

その時点で、晴になにか具体的な計画があったわけではなかった。ただ自分の感情を封じておくことができず、そのまま本田にぶつけてしまった。

「――晴さん」

本田がためらうように晴を見つめた。

「もしかしたら、と思ってた。俺は記憶がリセットになっててなにも思い出せないのに、どうしてか――知ってるんだ」

晴は泣きながらうなずいた。抱き寄せるタイミングも、キスの癖も、なにもかも以前のままだった。

「晴さん、って呼び方も、前と同じ」

本田の大きな手が、晴を試すように抱き寄せた。ちょうど首のところに額《ひたい》が落ち着く。背中に両手を回すと、さらにこうだった、とわかる。

「本田さん、大好き」

いつも本田は晴にその言葉を促した。背中の本田の手に力がこもった。

「晴さん。俺…」

本田がなにか言おうとしたとき、がたん、と戸口のほうで物音がした。

反射的に身を離すと、どうもありがとう、と誰かに礼を言っている秋月の声が聞こえた。

「またご利用くださいませ。ありがとうございました」

「あらぁ、またボードゲームしてたの？」

綺麗に髪をセットした秋月がひょいと顔をのぞかせた。

車椅子の代わりに杖《つえ》を使っていて、美容室のスタッフが気を遣って送ってきたようだ。

「連絡してくれたら迎えに行ったのに」

本田が取り繕うように秋月に近づいて行った。

「大丈夫よ」

秋月が薄く笑みを浮かべて晴を見た。

「もうだいぶ歩けるようになったし」

晴は急いで目を拭った。聞かれただろうか。聞こえたかどうかわからないが、今の自分の様子を見ればいろいろ察してしまうだろう。

「失礼します」

晴は本田と秋月の横をすり抜けた。

邪魔にならないように廊下の隅に置いてあった清掃カートを押しながらちらっと見ると、思いがけず戸口のところに秋月が立っていた。こちらを見ていて、目が合うとほのかに笑った。

――わたしの人形を自分のものだったと主張して、それで？

そんなふうに笑われた気がした。

彼女の私設ミュージアムのサイトを思い出す。陳列されていた家事支援ヒューマノイドは「幼いころわたしの身の回りの世話をしてくれていた個体です」と説明が添えられていた。

もしあそこに本田も並べられたら――想像するだけで叫び出しそうになった。

本田さんは「個体」なんかじゃない。

でも彼女は「保有者」だ。

本田の生存権を握っている。

「いやだ」

目の奥がまた熱くなった。

彼女が退院したら、きっともう本田には会えない。

「いやだ、――嫌だ」

晴はカートを押して、早足で歩きだした。

13

その夜、晴《はる》のモバイルフォンに清掃会社のエリア担当者から連絡が入った。

――申し訳ないんですが、しばらく西間木《にしまぎ》さんはシフトに入れられなくなりました。

理由は聞かなかった。直感でわかった。

秋月《あきづき》だ。

来週にでも面談をして改めてシフトを、と言われたが、晴は上の空だった。

ソファに座って切れたモバイルフォンをぼんやり見つめていると、おもちが近寄ってきた。

〈はるさん　おふろは　どうしましょう〉

「ありがとう、今日はいい」

〈りょうかい　しました〉

おしょくじは、おせんたくは、と次々にルーチンの質問をしてくるおもちに「いらないよ」と答えながら、晴は手を伸ばしてロボットを抱きしめた。柔らかな弾力《だんりょく》が心を慰《なぐさ》めてくれる。

子どものころも、ぬいぐるみを抱きしめて晴はいつも不安と戦っていた。

もの寂しい託児所《たくじしょ》の布団部屋は、晴が覚えている一番古い心象風景だ。

物心ついたときから母の毎日が綱渡《つなわた》りなことは感じていたから、晴は常にいい子にしていようと努力した。なにか訊かれたら「だいじょうぶ」と答える。それしか母の負担を減らす方法はないのだと知っていた。「お父さん」のことは聞いたこともない。みんなにはいるけれど、自分にはいない。いなくても「だいじょうぶ」。

だから突然母に「晴のお父さんとお兄さん」を紹介されたとき、晴はどう反応していいのかわからず困惑した。義兄の進学費用を母が負担し、義父がそのぶん家事育児を引き受けるという約束だったのだろう。それは悪くない助け合いだった。義父は穏やかな人柄で晴のことも可愛がってくれたし、母は看護師の仕事に打ち込めるようになっていきいきしていた。

でも結局、母も義父も亡くなった。

少し安心して気を許すと、すぐに足元を掬《すく》われる。

不安と寂しさはいつも晴につきまとった。おどおど怯《おび》えて、ひたすらいい子にしているだけの自分が、晴は好きになれなかった。

一人で生きていけるようになりたい。自分に自信をもてるようになれば、きっと不安も寂しさもなくなる。自分を好きになれる。

最後まで晴のことを気にかけていた母のためにもしっかり独り立ちをしなくては。

そんなふうに必死で頑張っていたときに本田《ほんだ》と出会った。

最初はかっこいい人だ、と憧《あこが》れていただけだったが、彼は明るくおしゃべりで、そばにいるとふんわりとした幸福感に包まれる。晴は生まれて初めて恋をして「どうしても」という強い気持ちに突き動かされた。

好きだ、と告白したときは、絶対に無理だと思っていた。彼には美しい恋人がいるし、自分のような子どもを相手にしてくれるわけがない。

でも勇気を振り絞《しぼ》ってぶつかろうと決めて、晴はやっと自分のことが好きになれた。

「本田さん」

あのときの強い情熱がよみがえった。

なにがどうなろうと後悔しない。

揺るぎのない気持ちが自分の中で収斂《しゅうれん》していき、晴はおもちを抱いたまま、手に持っていたモバイルフォンで鈴木《すずき》にメッセージを送った。

――しばらく留守をするかもしれないので、そうなったらおもちをよろしくお願いします。

送信してしまうと、晴はそっと柔らかな樹脂製《じゅしせい》の身体を抱きしめた。

〈あしたの　こうすいかくりつは　ぜろ　ぱーせんとです〉

おもちが唐突に天気予報を教えてくれた。

「天気いいんだね。よかった。ありがとう」

おもちを抱きしめたまま笑い、晴はほんの少し残っていた迷いが消えていくのを感じていた。

秋月はもうすぐ退院してしまう。

本田を連れて行ってしまう。

時間は残っていない。

出かける用意をしていると、まったくなんの予告もなくマンションのインターフォンが鳴った。驚いてモニターを見ると鈴木が立っている。

「おい、さっきのなんだよ。おもちをよろしくって、おまえどこ行くつもりだ」

玄関ドアを開けると、鈴木は息を弾《はず》ませながら中に入ってきて、いきなり詰問《きつもん》した。

晴は黙って鈴木の顔を見返した。

「返事しろよ」

それでも黙っていると、晴を睨みつけたまま、鈴木ははあっとため息をついた。

「本田を連れ出して、どこに逃げるんだよ。そもそもあいつ、おまえと逃げるって言ってるのかよ」

全部お見通しだ。晴はうつむいて首を振った。

「ただ、音声を聞かせて、あなたを諦められないって言いました。それだけ」

「それで今から病院に忍び込むのか？　特別病棟に？」

鈴木はそこで晴が清掃スタッフの制服を着こんでいるのに気づいた。晴は制服のすそを引っ張った。

「夜間通用口は暗証番号で通れます。警備員さんとは顔見知りだし、どうしても今日中に必要なものを忘れたから取りに来たって言えば」

明日では遅い。晴はシフトを外されている。

「止《や》めろって言っても、止めないよな」

「見逃してください」

うまくいくとは思っていない。ただ、このまま本田を連れて行かれるのを黙って見ているわけにはいかなかった。

「さっき会社から電話があって、清掃のシフトを外されたんです」

鈴木が目を見開いた。

「このまま何もしないで会えなくなったら、一生後悔する。そんなのは絶対に嫌なんです」

無謀なことは百も承知だ。

でも本田は晴を覚えていた。腕が、唇が、舌が、晴を覚えていた。

「だから絶対に、行かないといけないんです」

決意をこめて言うと、鈴木は痛そうな顔でしばらくうつむき、なにか考え込んでいた。

「――そうだな」

鈴木はふっと息をついて、顔を上げた。

「俺も後悔してることがあるからな」

夜の特別病棟は、中庭にぽつぽつ明かりがついて、まるでリゾートホテルのようだった。

どきどきしていたのは病院に着くまでで、通用口の前まで来ると、晴は開き直ってしまった。暗証番号を変えられていないか不安だったが、二つの通用口は難《なん》なく通り抜けることができ、警備員もうまくやりすごして秋月の病室の前にたどり着いた。あたりはしんと静かだ。避難経路の誘導灯《ゆうどうとう》がぼんやりとした光を放っている。

どんな深夜であっても本田は眠ることはない。以前は知らなかった。

「――本田さん」

深夜二時、秋月の個室はいくつか計器《けいき》が青白い数字を表示させているだけで真っ暗だった。病室のスライドドアには鍵などないから、晴はそっと中に忍び込み、さらに手前の付き添い人用の個室に滑り込んだ。

「三角《みすみ》さん――、本田さん」

真っ暗な中、本田は簡易ベッドに座っていた。晴が名前を呼ぶと、かすかなモーター音のようなものが聞こえた。どきりとした。暗がりでも本田が不自然に姿勢よく座っているのがシルエットで見える。

彼が普通の人ではないのだと、初めて実感した。

一瞬怯《ひる》んだが、本田が晴に反応し、聞き慣れた声が晴の名をひそやかに呼んだ。

「晴さん」

彼がどれだけ注意を払って隠してきたのか、その一瞬で理解した。

彼はセクサロイドだ。人が作った機械だ。

でも彼には自意識があり、感情があり、そして晴を愛してくれた。

一生一緒にいようと約束してくれた。

晴はベッドに座っている本田のそばにそっと近寄った。

——一緒に逃げよう。

モバイルフォンにメッセージを打ち込んで　画面を見せると、本田はぎょっとしたように晴を見上げた。

——僕はあなたを愛してる。二度と会えなくなってしまうのは嫌だ。

本田は首を振った。

すんなり同意してくれるとは思っていない。晴が説得しようと必死で言葉を探していると、本田が貸して、というように手を差し出した。モバイルフォンを渡すと、メッセージを打ち込み始めた。

——俺はなにも覚えてないけど、君の言うとおり過去にも君を愛していたんだろう。今、君を好きになっているからわかる。でも、だからこそ一緒には行けない。君にはセクサロイドなんかに関わらずに平穏に生きてほしい。俺のことは忘れて、君らしく前に進んで。過去も、今も、俺の願いはそれだけだ。

「——なに、言ってるの」

表示されたメッセージを読んで、声が震えた。

「何言ってるの」

声が響いてしまう。秋月が目を覚ますかもしれない。でも言わずにいられなかった。胸の奥から湧き上がってくる強い感情に突き動かされ、晴は本田の手首をつかんで揺さぶった。

「なにカッコいいこと言ってるの。本田さんはそんな人じゃなかったでしょ。もっと子どもっぽい人だったよ。明るくて、おしゃべりで、ちょっとせっかちで、いつでも晴さん晴さんって……そ、そんな、カッコいいこと言う人じゃなかった！」

なのに最後の最後で格好つけて、自分を犠牲《ぎせい》にして、守ってくれた。

「三角君？」

ドアの向こうで秋月の寝起きのしゃがれた声がした。本田がはっとドアのほうを見た。

「誰かいるの？」

早く逃げろ、と焦《あせ》ったように目で言われたが、晴は首を振った。

一人では行かない。

絶対に行かない。

「晴さん」

「嫌だ」

押し殺した短いやりとりに、本田が慌てたように晴の手を掴んだ。

「誰？　三角君？」

電動ベッドのモーター音がして、ぱっと病室の明かりがついた。ドアから差し込む明かりに本田が振り返る。

「晴さん」

「僕は一人では行かない、絶対行かない！　あなたをただのヒューマノイドとしてしか見てない人のところになんか置いて行かない！」

叩きつけるように言うと、本田が目を見開いた。晴は本田の腕をつかんで揺さぶった。

「僕らしく前に進めっていうなら一緒に来てよ。一生一緒にいようって約束したでしょ！」

防犯ベルが響き渡る。本田がなにかに突き動かされるように立ち上がった。

「三角君？」

病室とを繋ぐスライドドアが開いて、秋月が悲鳴のような声をあげた。

「どういうこと？」

「あっ」

晴は逆に腕を引かれ、勢いにつられて走り出した。晴を守ろうとして反射的にそうしてしまったのだと、肩越しに振り返った本田の表情でわかった。晴はぎゅっと目に力をこめた。

一緒に行こう。一緒に逃げよう。どうなっても後悔しない。

本田の眸《ひとみ》にも意思がこもった。

「――晴さん」

本田が晴の手をしっかりと握った。力が喜びになって全身を駆け巡る。

「三角君？　待って！　ちょっと待って！　違うの！」

秋月を振り切るようにして廊下に出る側のスライドドアをくぐると、そのまま病室を抜け出し、二人で全力疾走《しっそう》した。

「晴さん、こっち！」

秋月が警備に連絡を入れたらしく、非常用のライトが点灯していく。眩《まぶ》しいライトに追い立てられて、特別病棟の渡り廊下から地下通路へ続く階段を駆け下りた。追いかけてくる足音が複数聞こえる。警備員が笛を鳴らした。

「本田さん、そこの非常口！　さっき鍵を開けておいたから」

外の駐車場に出られれば、その先は幹線《かんせん》道路だ。

「鈴木さんが車で待ってる」

非常用のコンクリート通路を必死で走り、はあはあ息を切らしていくつもの防火ドアをくぐった。コンクリートの階段から今度は地上を目指す。

「あっ」

重い防火扉を押し開いて外に飛び出し、晴はかっと光るサーチライトに目をやられた。

「晴さん!」

強い光に殴られたような衝撃を受け、よろめいた。

踏ん張ろうとしたが、階段を踏み外し、大きくバランスを崩してしまった。目の前の景色がぐるっと回る。

あ、と思ったときにはもう階段を転がり落ちていた。

衝撃がきて、息が詰まる。

右足、左の脇腹、頬、右腕、身体がバウンドするたび痛みが襲い、脳天まで響いた。

街灯、フェンス、アスファルト。

晴は手を伸ばした。

一緒に逃げよう。

本田さん。

14

白い光が網膜《もうまく》を刺激する。

ぴーぴーと機械音が響く。

誰かに名前を呼ばれた気がして、晴《はる》はうっすらと瞼《まぶた》を開けた。

一瞬、またアメリカの病院にいるのかと錯覚《さっかく》を起こした。

あのときも目を覚ましたら全身が痛くて、目を開けると光が眩《まぶ》しくて、自分がどこにいるのかわからずただただ呆然としていた。

「晴さん」

計器の音、人の話し声、自分の唾《つば》を飲み込む音、近くなったり遠くなったりのいろんな音の中で、はっきり聞こえた。

「晴さん！　晴さん！」

「……ん、――ほんだ、さ…ん」

声が出ているのか、よくわからない。それでもだんだん視界がはっきりしてきた。自分をのぞきこんでくる人たちがぼやっと見えて、晴は目を凝《こ》らした。

「本田さん！」

目元のほくろにはっとして、起き上がろうとしたら全身に激痛が走った。

「だめだよ！」

本田が慌てたように晴を押しとどめた。

目を覚ました、よかった、本当だ、とわんわんいろんな人の声が聞こえる。

「脳震盪《のうしんとう》起こしてるだけだけど、打撲《だぼく》がひどいから痛み止め点滴してもらってる」

本田の説明を聞いているうちに徐々に記憶が蘇《よみがえ》り、晴ははっと大きく目を見開いた。

「ほっ、本田、さん…っ」

今度は覚悟していたので痛みに耐えられた。

「大丈夫。ここにいるよ」

本田が落ち着かせるように晴の手を握った。

「ここ、は」

「わたしの病室」

電動音とともにベッドがゆっくりと傾斜《けいしゃ》して、晴の視界に秋月《あきづき》が入ってきた。

「西間木《にしまぎ》君、落ち着いて」

驚きのあまり息が止まりそうになっている晴に、秋月が穏やかに微笑《ほほえ》んだ。

「処置終わったあと、こっちに運んでもらったの。わたしの責任もあるからね」

なぜか気まずそうに言う秋月に、意味がわからず混乱していると、今度は鈴木《すずき》が「目ぇ覚ましたか」と現れた。

「鈴木さん、これ…」

どうなっているのか、ぜんぜん理解できない。それとも夢でも見ているのだろうか。

「あのな。この人はヒューマノイド人権活動をやってる団体の幹部らしい」

鈴木もどこか困惑している様子で秋月を見やった。

「人権活動…？」

「ちょっと前からセクサロイドに接触しようとしてくる人権団体があるけど、売買組織《ばいばい》の偽装《ぎそう》かもしれないから気をつけろって言われてたんだよ。でも本当に支援するつもりで活動してて、この人はそこの幹部なんだと」

鈴木はひたすら憮然《ぶぜん》としている。その横で、本田は今一つよくわかっていない顔をしていた。

「秋月さん、俺には話相手がほしいから話のうまいヒューマノイドを買ったのよって言ってたんだ」

「おまえは別に話なんかうまくねーわ、やたらあれこれしゃべるだけだろ」

鈴木のつっかかるような物言いに、本田が眉を寄せる。

「あなた、さっきからなんでそんな喧嘩腰なんです？」

「うるせーよ」

鈴木は安堵《あんど》からかうっすら涙ぐんでいる。

「言っとくけど、俺はおまえの恩人なんだからな」

「あなたが？」

「不審がるんじゃねえ、腹立つ」

本田と鈴木が並んでいるのを見て、晴はやっぱり夢を見ているんじゃないかとぼんやりしてしまった。

「自意識をもったヒューマノイドには人権を認めるべきなんです。彼らを作ったのはわたしたちだけど、自意識をもった彼らをモノ扱いするのは間違ってる」

秋月が演説でもするような口調で話し始めた。

「わたしを育ててくれたのも家事支援ヒューマノイドなのよ。彼女はあなたたちほどはっきりした自意識はなかったけれど、わたしに愛情を教えてくれたのは彼女だったし、親と言ってもいい存在だったんです。古い型だったから基幹部位《きかんぶい》が摩耗《まもう》して作動しなくなっちゃったけど、今でも大事に保管して、毎日必ず挨拶《あいさつ》してる」

秋月は長年権利放棄されたヒューマノイドの支援活動をしていたが、最近になってセクサロイドの自助《じじょ》集団の存在を知り、警戒されながらも接触を試《こころ》みていたときに一度は自立を果たしたのにまた地下流通に戻ったセクサロイドがいると聞き、急いで買い取ったのだという。

「それが本田さん…？」

「俺はマスターがまた変わったんだなって思っただけだったけど、女なのにはびっくりした」

秋月はリセットされた本田が混乱しないように最低限の設定だけして、家族がいなくて寂しいから話相手に買った、と嘘の説明をしていた。

「彼が自分で自分を売ったって知って、もう本当にびっくりしちゃって。で、もちろんその大切な人のところに返してあげないとって思ったけど…あなたは彼がセクサロイドだって知らないでいたわけでしょ。悲しいことだけど、ロボットだって知って同じ気持ちを持ち続けるかどうかはわからないからね。自分を救ってくれたからって無理に感謝したって不幸になるだけだし。だから試させてもらったの」

「普通に面談でいーじゃねえか」

鈴木がぼそっと言った。秋月が痛いところを突かれた顔で首をすくめる。

「わたしの悪い癖で、ついついドラマチックなことにわくわくしちゃうのよねえ……西間木君がフォローアップ受ける病院、わたしがリハビリするのにもいい環境だなっていうのもあったし、つい」

ついじゃねえわ、と鈴木はしつこく腹を立てている。

「でもまさか清掃スタッフになって近づいてくるとは思ってなかったから、なんだかわたしがどきどきしちゃって」

「それで急にリハビリに熱心になってなかなか病室帰ってこなくなってたのか。昼もやたら友達と食べるって言うし」

本田が納得したように呟いた。

「野次馬じゃねーか」

つっこみ続ける鈴木に苦笑いをして、でもね、と秋月は優しい目で晴を見やった。

「記憶はなくても、三角《みすみ》君…じゃなかった本田君、初めから自然に西間木君のこと目で追ってるのよね。びっくりした」

秋月のしみじみとした述懐《じゅっかい》に、晴は胸がいっぱいになった。

「あなたも、彼の本当のこと知っても変わらず愛してくれてて、嬉しかった」

「本田さんを助けてくれて、ありがとうございました」

頭を下げながら口にすると安堵がこみあげ、ぼろっと涙がこぼれた。本田が慌てて晴の手を握る。晴はその手をぎゅっと握り返した。

一緒に逃げよう、という晴の無謀《むぼう》な訴《うった》えに、本田はなにもわからないまま、それでも晴の手を取ってくれた。いつもいつも、本田は全力で晴を守ろうとしてくれる。

もし本田が嗜虐《しぎゃく》趣味の買い手に連れていかれていたら、と想像するだけで怖《おそ》ろしい。

「あんなすごい大金、払ってくれて」

秋月がふふっと笑った。

「わたしのライフワークなのよ。両親の財産はぜーんぶ人形につぎこんで、すっからかんにしてから死ぬの。わたしは人形に育ててもらったんだからね」

なにかしらの信念があるようだったが、晴はただただ感謝した。

「でも、本当は明日にでも西間木君に話をするつもりだったのよ。清掃会社にも西間木君は明日は休みにしておいてって頼んでおいたし」

シフトを外されたのはそういうことだったのか、と晴はびっくりした。たぶん、清掃会社も誤解している。

「すみません。僕が勝手に焦《あせ》って先走ったから、みんなに迷惑かけちゃって」

今さら申し訳なさと恥ずかしさで身が縮《ちぢ》んだ。

「晴さんは悪くないよ」

本田がすかさず晴を庇《かば》う。

「そうだそうだ、晴さんは悪くねーよ。本田のことになったら突然行動力の鬼になるんだ。こんなん全部ドラマチック好きの野次馬のせいじゃねえか」

「だから責任とって、ちゃんと各方面にフォローしたでしょ」

「おはようございまーす。検温と点滴の取り換えをします」

病室のスライドドアから看護師が入ってきた。鈴木がはっと身構えた。そのときになってやっと晴は今が朝だと気がついた。たった数時間で状況が変わりすぎて、頭の中がまだちゃんと追いついていかない。

「あのね、鈴木さん」

秋月と晴の処置をして看護師が出ていくと、秋月は部屋の隅で限りなく存在を消そうとしていた鈴木に穏やかに話しかけた。

「不安になるのは当然だけど、あなたたちが思ってるほど人間は他人を疑って観察したりしないですよ。今は他人の容姿をジャッジするのも失礼だって風潮《ふうちょう》になってきてるし、そんなに警戒しなくても大丈夫」

「え？」

「人がヒューマノイドに過敏《かびん》になってたのも、自意識が育ってるらしいってわかって大騒ぎになった当初の数年だけですよ。そりゃヒューマノイドに人権を、みたいな活動してると嫌がらせされたりはあるし、セクサロイドに対する偏見《へんけん》とか差別だってなくなりはしないけど、一般の人は多少変だなって思ったって、罰則《ばっそく》もないのにわざわざ通報なんかしません。隣の家の人がぜんぜん顔変わらないし年取らないってなっても、仲良くして気ごころが知れてたら、いきなり通報しようなんて思わないですよ。もちろん気をつけるに越したことはないけど、あなたが思ってるより世の中は安全になってると思うし、時間はかかると思うけど、これからもっともっと安心できる環境になっていくようにわたしたちも努力します」

鈴木はじっと秋月の話を聞いて、しばらく黙っていた。

「そうなったらいいな」

ぽつりと言って、鈴木がキャップを目深《まぶか》にかぶりなおした。

「なりますよ」

晴は確信をもって断言した。

「諦めなかったら、いつか、必ず」

「そうだな。本田も晴さんも諦めなかったもんな」

「本田さんが前のことを忘れちゃったのだけは諦めますけど」

冗談めかして自分に納得させていると、本田がそっと晴の手を握った。

「俺、前のことはぜんぶ忘れちゃってるけど、晴さんの手を握ったり、抱きしめたりするとあこの人だってわかるんだよ」

「――うん」

「俺の大事な人だって、ちゃんとわかる」

少し寂しかったけれど、彼は昔のままの彼だ。それで充分だ。晴はぎゅっと手を握り返した。

「俺が恩人なことは忘れたままかよ」

鈴木のつっこみに、本田が「残念ながら」と首をすくめた。

「なんだその残念感いっさいない感じ」

「いや、申し訳ないとは思ってますよ。でも忘れたものは忘れたので」

「しゃーねーけど、やっぱむかつくな」

本田は鈴木を「よく知らない人」としてしか見ていないし、鈴木はそれが悔しいのだろうが、二人の間の空気があまりに昔のままなので、晴は思わず笑ってしまった。きっとすぐに以前の気安い関係に戻れるだろう。

大切な思い出を共有できないことは寂しいけれど、これぱかりは受け入れるしかない。

「あのね、それなんだけど」

秋月がちょっと待って、と急にクロゼットを開けてなにかを探しだした。

「あったあった」

しばらくして、秋月は指輪でも入っていそうな小さな保管箱のようなものを見つけ出して本田に手渡した。

「なに？　これ」

本田が戸惑いながら蓋《ふた》を開けた。中には金属片をラミネートで保護したものが収められている。

「これは…？」

「あなたの記憶データ。買い受けたときにリセット前のデータを保存してるっていうからもらったの」

「えっ、えっ、えええっ？」

本田よりも晴のほうが驚いて、思わず身を乗りだして大声をあげた。

「そ、それじゃ…っ」

「腕のいいエンジニアさえ見つかれば、今の記憶媒体《ばいたい》とも併合《へいごう》できるらしいんだけど、ただすごく大変な作業らしくて、そういうのをやってくれるエンジニアがいるかどうか…」

「いる」

晴と同じように驚いていた鈴木が遮《さえぎ》るように言った。

「そういうの大好きな、ロボットおたくがいるわ」

15

「おもち」

玄関に一歩入ると、するするっと出てきた樹脂製《じゅしせい》の家電ロボットに、本田《ほんだ》が感極まった声をあげた。

「おもち、ひさしぶりー!!」

〈おかえりなさい　ほんださん〉

うわーっと大喜びで、本田はかがんでおもちに抱き着いた。

晴《はる》はずっと胸がいっぱいで、泣きそうになるのをなんとかこらえた。

本田さんだ。

本当に、本田さんが戻ってきた。

あのあと念のために一日だけ入院して検査を受け、晴は病院から出た足で本田とともに連帯組織が運営しているというメンテナンスセンターに向かった。そこには鈴木《すずき》から事情を聞いた、という技術者がすでに待機していて、半日かかって記憶の併合《へいごう》をしてくれた。

〈そちゃ　ですが〉

「晴さん晴さん、おもちが粗茶《そちゃ》くれた！」

「よかったですね」

鈴木は本田が処置室から出てきた第一声で「あっ、すーちゃんだ」と言ったらめちゃくちゃに怒って、晴にはどういうことなのかわからなかったが、最後は二人で泣き笑いをしていたので、きっとなにか共通の大事なことがあるのだろう、と思って黙っていた。

そして晴も、晴さん、と呼ぶ声だけで彼がもうすっかり以前の記憶も取り戻しているのがわかった。

「晴さん、ずっと隠しててごめんな」

ソファに並んで座って、本田が改めて謝った。晴は首を振った。

「僕こそ、気づいてあげられなくてごめんなさい」

「俺のこと、怖くない？」

「だいじょうぶ」

正直に言えば、怖い、と感じた一瞬もあった。でも本能的な恐れはすぐ「これは本田さんだ」という思いで払拭《ふっしょく》された。

「本田さん、一生一緒にいましょう」

改めて本田の手を取って言うと、本田がうん、と嬉しそうに晴を抱き寄せた。

「俺はぜんぜん見かけが変わらなくてつまんないと思うけど、ごめんな」

そんなことで謝られるとは思わなかった。

「僕はどんどん老《ふ》けちゃいます」

「見かけが変わるのは素晴らしいじゃない。それに俺は見かけは変わらなくても、いきなり故障はするからね」

金丸《かなまる》という技術者が「記憶データの併合なんてすごい経験させてもらえて」と感激しているのに、本田は「でももうパーツ交換はさせてあげられないかもしれないから、すみません」と謝っていた。最低限のメンテだけはするが、晴に合わせて劣化《れっか》していくのはそのまま受け入れるつもりらしい。

人生は有限で、だからこそ輝く。

「俺は一生晴さんといるよ」

「うん」

微笑《ほほえ》み合って、本田がそっと顔を近づけてきた。晴はどきどきしながら目を閉じて、恋人の唇の感触を味わった。本当に、間違いなく、絶対に、本田さんだ。

「晴さん、大丈夫…？」

本田の首に腕を回すと、本田が心配そうに顔をのぞきこんできた。

打撲の腫《は》れはだいぶひいたが、擦過傷《さっかしょう》はまだあちこち残っている。でも晴はどうしても抱き合いたかった。

「痛いときはちゃんと言います」

「――わかった」

晴が求めているのを理解して、本田は安心したように抱きしめてきた。寝室に移動してもう一度キスから始め、合間に互いの服を脱がせ合った。シャツのボタンを外し、ベルトを引っ張り、カットソーを頭から抜く。

こんなに美しい男の人がいるんだろうか、と晴は本田が服を脱ぐたびに感動する。初めて知り合ったときからかっこいいなと見惚《みと》れていた。セクサロイドとしては、それでも本田は完璧ではないというが、晴からすれば信じられないような美しさだ。作られたものだから、と本田は嫌そうだが、彫刻の美に感嘆《かんたん》する気持ちに嘘がないのと同じで、晴はただただ感動してしまう。

「晴さん」

甘く名前を呼ばれ、額、鼻先、頬、と小さくキスされながらベッドに押し倒された。

「――あ」

痛い？　と膝《ひざ》や腿《もも》の保護テープに触れられて、晴は息を呑んだ。久しぶりで、ものすごく過敏になっている。

「もう濡れてるね」

「そこ、い、弄《いじ》らないで…」

裏側を確かめるように指でなぞられると弱い。あっという間に果ててしまいそうで慌てて手を止めさせた。

「本田さん」

「ん？」

濡れた指を確かめるように舐《な》めているのを目にして、かっと頬が熱くなった。昔から、なにかあるとすぐに赤くなってしまう。

「そ、そんなことしないで」

「どうして？　濡れてるの可愛いし、嬉しい」

「そういうことも、言わないで」

恥ずかしがらせて赤くなるのを楽しむのが悪い癖だったと思い出した。

「それに気持ちいい。ぬるぬるして」

「――」

敏感なところを粘《ねば》った指でそうっと触られて、晴は息を呑んだ。

「あ、あ…っ」

可愛い、と囁く声が熱っぽくて、それにも煽《あお》られた。ものすごく久しぶりのはずなのに、始めてしまえば身体のほうが勝手に動く。本田の愛撫の手順、唇の通り道を肌が覚えていた。

両手が肩から腕を撫で、唇は鎖骨《さこつ》から乳首に下りていく。小さく尖《とが》った両方を、順番に吸われた。

「——は、……っ、ん、ぅう……っ」

じん、と快感が広がって、息が甘く震えてしまう。

「晴さん、気持ちいい？」

「ん、う、…ぅん…、いい…」

「可愛いなあ」

ほろっと涙が出ると、本田がため息をつくように呟き、唇で晴の涙を吸い取った。

「晴さん、声も可愛い。もっと声聞きたい」

「ん、ん…っ」

初めてのときから、本田は晴にベッドではほとんどなにもさせなかった。最初のころは自分に経験がないから、と不思議に思わなかったが、少し慣れておずおず手を伸ばしても、晴さんはしなくてもいいよ、といなされる。

「晴さんが感じてるの見てるだけで興奮するんだ。気持ちよくなってくれてると嬉しい」

下手な愛撫では白けさせるだけかな、と思ったし、いつも途中からそんなことを考える余裕すらなくなってしまって、いつの間にかただされるだけなのが当たり前になっていた。

今になってみれば彼が相手の悦《よろこ》びをそのまま喜びとして受け取っているのだとわかる。自分ばっかり気持ちよくしてもらって、と引け目に思う必要は本当にないらしい。

「――それ…、それ、もっと…」

晴は内腿《うちもも》の付け根のところをくすぐられると感じる。

「ん？」

足を開かされて、脇腹から内腿に唇が動いて思わず声を洩らした。

「いまの、…い、きもち、いい」

性感帯はぜんぶ把握《はあく》されているが、恥ずかしくて自分ではっきり口にしたことはなかった。

「ここ？」

「ん…っ」

「好きだよね、ここ。そんなに気持ちいいんだ？」

「うん…すごく…い…っん、ん……」

思い切って口にすると、本田が嬉しそうに笑った。

「もっと？」

「ん、うん…もっと」

太腿のくぼんだところを強く吸われて、背筋がしびれた。

「いい、…気持ちい……」

濡れた舌の感触と、軽く歯を当てられる痛みに絶頂が近くなる。

「もう、……っ」

「いきそう?」

「なか、…っ、中で…」

一緒にいきたい。中にいれて。

切れ切れに訴えると、本田がずりあがって両足で身体を安定させた。もういっぱい舐められ、舌を入れられていて柔らかくなっている。

「…あ、あ――」

久しぶりの充足に、晴はぎゅっと目をつぶった。

好きな人が身体の中に入ってくる。

押し広げられ、中をえぐられる。痛みすら快感を鮮烈《せんれつ》にした。

「はあ、あ……っ、あ、本田さん…っ……あ、あ……」

深く、ゆっくりと入ってきて、本田はそこで晴を抱きしめた。いつもこうしてくれる。晴もしっかりと本田の背中に腕を回し、何回も何回もキスをした。

愛されている喜びで満たされ、幸せが快感につながっていく。

「晴さん…」

好きだ、と乱れた息の合間に囁かれて、晴も夢中で本田にしがみついた。

晴がついてこられるように、最初はゆっくり、徐々にスピードがあがって、高まっていく。

「――あっ、あ、ああ……――」

一回ごとに快楽が深くなり、思考が解け、ただ好き、と繰り返すことしかできなくなった。

「本田さん、本田さん、――だいすき……」

ひときわ高い波がきて、晴はそれに押し流された。放出の快感のあとに、別の、もっと違う快楽に攫《さら》われる。

「晴さん」

苦しいような声がして、本田が耳元でごめん、と謝った。今日はこれで終わりにできない、という意味だ。

「いや、あ、あ――」

感じすぎると怖くなる。

「ごめんな、晴さん」

「あっ……」

ひくっと唇が震えて、こめかみに涙が伝わった。

「や、いや……っ、あ、――」

自分の精液と彼のものとが一緒になって、腹も腿も濡れている。一度射精したはずなのに、本田はまったく衰《おとろ》えていない。律動も止まらない。

「あ、ああ…っ」

自分ではコントロールできないのが怖い。中の一番敏感なところを責められて、なすすべもなく快楽に巻き込まれる。

「晴さん、晴さん、可愛い…すごい可愛い」

自分がどんなふうになっているのかぜんぜんわからない。ただ恋人が熱に浮かされたように囁いてめちゃめちゃにキスしてくるのを泣きながら受け止めることしかできなかった。

「晴さん」

「ん、う…っ」

本田の手が、晴の手を探している。晴は自分から指を絡《から》めた。

「好き、本田さん」

息も絶え絶えになって、やっとそれだけ言った。本田がうん、と感激したように口づけてくる。

「あ、あ…っ」

また波がきて、晴は震えた。中が甘く蕩《とろ》けてしまって、終わりがない。

「もう、だめ…」

気持ちよすぎておかしくなりそうだ。限界が見えてきて、晴は最後の力を振り絞って恋人の手を握り、指先に口づけた。

「本田さん、――すき」

そこで完全にエネルギーが切れ、晴は幸せな眠りに落ちた。

16

〈はるさん　おかえりなさい〉

「ただいま、おもち」

「おっ、おかえり晴《はる》さん」

「ただいま、本田《ほんだ》さん」

ばたばた靴を脱いで、晴は出迎えに出て来てくれたおもちのアームにリュックを渡し、エプロンをつけた本田に背伸びしてキスをした。

キッチンから肉の焼けるいい匂いがする。

「どうだった？」

「はい、無事に経過観察、終了しました！」

「おお、よかったね！」

学会に報告書をあげるためにデータを提出しつづけていたので、義兄《あに》には改まってお礼を言われた。

「これからは同じ医療従事者として協力しましょう。よろしく」

思いがけず、そんな言葉ももらった。

晴は翌月から義兄と同じ病院で看護師として働き始める。こちらこそよろしくお願いします、と頭を下げた晴に、義兄は「君とは縁があるんでしょうね」となにげなく言った。相変わらず淡々としていたが、晴はなんだか胸がいっぱいになってしまった。「縁がある」というのは晴にはなにより嬉しい言葉だ。母と同じ看護の道に進み、義兄とともに働いて、そしていつか義父《ち》の墓参りに一緒に行けるようになったらいいな、と思う。

「鈴木《すずき》さんは？」

「もうちょっとしたら来るだろ。なんかまた秋月《あきづき》さんたちとディスカッションとかって言ってたけど」

秋月と「セクサロイドのイメージアップをはかり、徐々に世間に受け入れてもらう方策」を話し合っている鈴木は「秋月に、ヒトは美貌《びぼう》に弱いってのをセクサロイドはもうちょっと自覚すべきって言われたけど、本当かよ？」と首をひねっていた。晴としては「美しいものに心惹《ひ》かれるのは自然な気持ち」としか言えない。ただ、変化していくことに価値を感じるようになったのも確かだ。未来はいつでも不確定で、油断したらすぐに足元を掬われる。そんなふうに身構えてばかりいたころは、ただただ全てが不安で必死だった。

でも今は少し違う。もう自分は大人になった。ちゃんと自分の足で歩ける。大切な人と助け合える。その自信が晴の心を安定させた。

「隠れてばかりいても何も変わらないですもんね」

「まあ確かに海外だとセクサロイドが動画配信とかやってて、ちょっとずつ周知されてきてるんだよなあ」

ということで、ひとまず動画制作を始める計画のようだ。

それはそれとして、今日は久しぶりに三人で晴の快気祝いをする。

手伝います、と手を洗っていたらエントランスのチャイムが鳴った。

「おもち、鈴木だ。ドア開けてあげて」

〈しょうちしました〉

白いお腹《なか》にエントランスの開錠《かいじょう》サインがついて、おもちは冷蔵庫を開けて「粗茶《そちゃ》」の準備をはじめた。

「よーし、いい焼き具合だ」

オーブンからこんがりと焼けた肉を取りだし、本田が声を弾《はず》ませた。

「よーおもち」

〈いらっしゃいませ　そちゃ　ですが〉

玄関から鈴木の声がする。

「ひさしぶりー晴さん」

「いらっしゃい、鈴木さん」

「最高のタイミングだな」

にぎやかに声をかけあい、準備が整うと、明るいキッチンのテーブルについて、それぞれグラスを手に取った。

〈かんぱーい〉

おもちがドリンク缶を掲《かか》げ、みんなで「乾杯」とグラスを合わせた。

あとがき

AFTERWORD

—安西リカ—

こんにちは、安西《あんざい》リカです。

このたびディアプラス文庫さんから二十一冊目の文庫を出していただけることになりました。二十一冊も、と驚いてしまうのですが、これもいつも応援してくださる読者さまのおかげです。本当にありがとうございました。

今回は書き下ろしなのですが、二十一冊も出していただいたのに、今まで書き下ろし文庫は「恋の傷あと」「バースデー」「眠りの杜の片想い」の三冊だけで、あとは全部雑誌掲載作とその後日談という構成でした。

雑誌掲載作の文庫化ですと、最初の話を書いてから一年くらい経《た》っていますし、雑誌で読んで気に入って下さった読者さまの応援あってのことなので、不安三割・喜び七割くらいの塩梅《あんばい》です。しかし書き下ろしになりますと、一発勝負ですし、書いて間がないのもあって客観的になれず、不安七割・喜び三割といった感じです。

どうか少しでも気に入っていただけますように…！　と祈るような気持ちです。

イラストは七瀬《ななせ》先生にお願いできました。

七瀬先生のお描きになるニュアンスのある線が大好きなので、本当に嬉しいです。今回ラフに家電ロボットを三パターン描いてくださったのですが、もう可愛くて可愛くて、ぜひみなさまにも見て欲しい！　とお願いして巻末に載せていただきました。

めちゃくちゃ美人の鈴木《すずき》や殺し屋フェイスの高橋《たかはし》まで描いて下さり、そっちも自慢したかったです…！

七瀬先生、ありがとうございました。

担当さま始め、関係各所のみなさまにもお礼申し上げます。これからもよろしくお願いいたします。

最後になりましたが、ここまで読んでくださった読者さま。

拙作《せっさく》を手にとってくださり、ありがとうございました。

これからもせっせと頑張りますので、どこかで見かけて気が向かれましたらまたおつき合いくださいませ。どうぞよろしくお願いいたします。

安西リカ

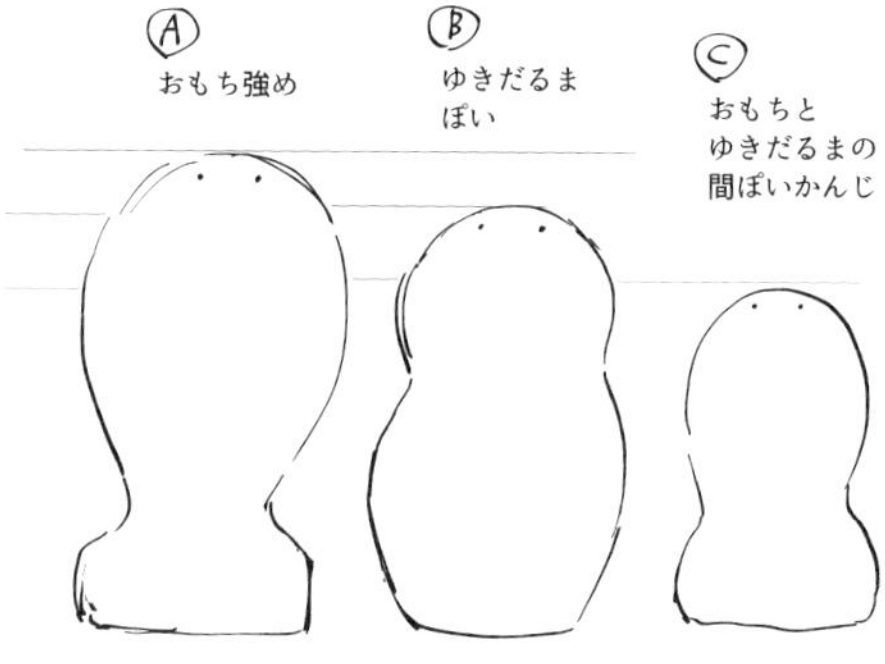

おもち

この本を読んでのご意見、ご感想などをお寄せください。
安西リカ先生・七瀬先生へのはげましのおたよりもお待ちしております。

〒113-0024　東京都文京区西片2-19-18　新書館
[編集部へのご意見・ご感想] ディアプラス編集部「楽園までもう少しだけ」係
[先生方へのおたより] ディアプラス編集部気付　○○先生

- 初出 -
楽園までもう少しだけ：書き下ろし

[らくえんまでもうすこしだけ]
楽園までもう少しだけ

著者：**安西リカ** あんざい・りか

初版発行：2021年12月25日

発行所：株式会社 新書館
[編集] 〒113-0024
東京都文京区西片2-19-18　電話（03）3811-2631
[営業] 〒174-0043
東京都板橋区坂下1-22-14　電話（03）5970-3840
[URL] https://www.shinshokan.co.jp/

印刷・製本：株式会社 光邦

ISBN978-4-403-52544-5